© 1998 Giulio Einaudi editore s.p.a., Torino

ISBN 88-06-14188-0

Francesco Biamonti

Le parole la notte

Einaudi

Le parole la notte

Parte prima

Spesso alla sera, durante la degenza, aveva pensato al vento che precede la notte, dopo che il giorno con un piccolo scarto di luce, piú spoglia o piú velata, ha annunciato la fine. Le onde all'orizzonte sempre alto si mettevano a scorrere, trascinate dal sole.

– Vi saluto, amici, – disse, raccolte le sue poche cose.

Qualcuno si alzò a sedere. Altri mossero appena la mano, restando distesi. Ve n'erano due che non avrebbero piú visto né il mare né le colline, se non in sogno. Ai loro occhi restava la cima di un eucaliptus, in cui il sole entrava di sbieco.

– Allora lei se ne vuole andare?

– Nessuno me lo può proibire.

– Ma perché questa premura! Non mi dica che vuol vedere il posto dove si è fatto male. Pensa che noi le abbiamo creduto?

– La ringrazio.

Aveva raccontato d'essere caduto sulla punta di un bidente. E il medico, gentile o indifferente, aveva fatto finta di crederlo.

– Deve firmare, deve prendersi la responsabilità.

Prese la penna che il medico gli porgeva, e firmò. Il momento piú critico, doloroso, era già passato. Aveva già salutato quelli che restavano nel padiglione delle ossa.

Capitolo primo

«Che ombra leggera!» Non era mai riuscito a farli crescere nella terra calcarea della sua campagna. Amavano le
sabbie portate dal mare, avevano radici delicate, i rami
prendevano le forme della brezza.

Arrivò il taxi e si fermò proprio fra i tronchi degli alberi del pepe. Lo conduceva una donna giovane e bruna.

– Mi porta a casa?
– Ha una valigia?
– Non val la pena che apra il portabagagli.

Aveva solo una sacca, con dentro un pigiama, un sapo-
ne, un libro.

– A casa dove?
– Ad Argela. Sa la strada?
– Ci sono andata solo una volta, ma me la ricordo.

Dopo un tratto di litoranea e un fondovalle, la strada
girava su rupi dorate intervallate da terrazze.

– È stato tanto all'ospedale?
– Pochi giorni.
– S'è fatto male a una gamba? Ho visto che zoppicava.
– Sono stato ferito. Una pallottola vagante, – tagliò corto.

Arrivarono ad Argela, poche case schierate al sole su
un cocuzzolo. L'asfalto finiva.

– Se la sente di andare avanti?
– Su questa strada sterrata?
– Le assicuro che è buona. C'è solo una curva dove com-
pare la roccia, ma è levigata. Con questo sole non c'è la
brina.

La sua casa e il suo uliveto erano di un azzurro che anneriva nell'ombra della rupe. Il sole se ne andava presto.

In casa restò poco, il tempo di aprire le finestre per far uscire l'odore di salnitro e prendere le forbici. Andò dal sorbo e si fece un bastone, poi aggirò la rupe per un sentiero tra i cespugli e rivide il mare, che all'orizzonte si effondeva verso il sole e le montagne di Francia. In quel punto il crinale era riparato dall'aria che scendeva dalle Marittime; vi fiorivano ancora le rose, rose d'autunno nel vento del largo. Sopra il sentiero, un gruppo di case restaurate. Sotto, il bar nuovo, col suo grande terrazzo. Vi cadevano foglie laminate di raggi.

La luce ebbe un fremito e sembrò diminuire. Nelle stasi dell'aria non scendevano piú foglie di quercia, ma gocce di rugiada. La sera era celeste e ferma.

Prima di entrare nel bar guardò ancora le case; le ricordava diroccate. Guardò il sentiero dove scendevano gli uomini morti per la strada del tempo: andava sparendo, come il cimitero dove crescevano rosmarini piú alti delle lapidi.

– Ben tornato, Leonardo, – disse «il professore» rincantucciato in un angolo del terrazzo. – Quando il sole scompare nel mare, salgono folate d'aria.

– Lo so perfettamente.

– Che cosa sa?

– Di quest'aria, di questa luce, di come dura a lungo. Venivo qui quand'ero giovane e c'era tutto abbandonato.

– Voi ve ne siete andati e noi abbiamo invaso le vostre case.

«Sembra un dialogo tra gente che non c'è già piú», pensò Leonardo. – Non è colpa vostra, – disse.

– Com'è andata all'ospedale, è guarito bene?

– Mi hanno trattato benissimo. Ma come sa che ci sono stato?

– Sono cose che si vengono a sapere.

Ma forse il professore non sapeva i motivi per cui c'era andato. O non gli interessava nemmeno saperli, perduto in quella luce calante e a scatti.

– Che cosa beviamo per festeggiare?

– Che festeggiamo?

– Il suo ritorno, la sua guarigione.

– Stavolta tocca a me offrire.

Il professore andò dentro, tornò con la cameriera che indossava una giacca a vento.

– Come si chiama questo posto, voglio dire come si chiamava prima di «Case a occidente»? Aveva un nome?

– Era l'unica cosa che aveva. Vairara. C'erano troppe pietre. Ma al di là della rupe ci sono terre meno avare anche se meno luminose.

– Non ci sono mai stato.

– Venga un mattino, quando c'è il sole. L'esposizione è a oriente, – disse Leonardo.

Gli tornavano agli occhi gli ulivi incielati, il brillare dei muri che facevano gobbe, le mimose novembrine, già in fiore, nuvole abbarbicate.

– Gli olandesi vengono sovente, – aggiunse.

– Loro fanno grandi passeggiate. Io mi alzo tardi, con loro non mi aggrego. Mia moglie si alza presto, io dormo. Loro appartengono a un paese vivo, hanno fiducia nella vita. Non se n'è accorto? Qui sono il solo francese.

– Direi che anche la Francia è viva.

– Vuol che le dica quello che penso? In tutta sincerità? Ogni tanto qualcuno prende la Francia tra le braccia, la mostra al mondo facendo credere che è viva, invece è morta.

Guardavano il giorno che se ne andava, tra ritorni di luce. Dietro l'Esterel una vampa diafana apriva nelle ceneri una sorta di sera eterna.

«Cadono a placche chiarori dal cielo. Ora scende la notte». Improvvisamente nello stellato la sera sembrò lontana. S'incamminarono. Si sentiva odore di lentisco e di assenzio e, a folate, il mare che smemorava.

– Vorrei presentarle mia moglie. Dovrebbe farmi un piacere, interrogarla su questi posti, chiederle se li ama.

Il sentiero andava verso un giardino illuminato: una prora di terrazze sostenute da muri a secco. La donna stava in piedi sotto i coppi di una tettoia. Il calore di una stufa appesa, elettrica, le scendeva sulle spalle nude.

«È marmo il biondo cenere dei suoi capelli, quasi severa l'armonia del suo corpo».

– Si guardava una bella sera, – disse il marito dopo le presentazioni.

– Bella davvero, – lei disse.

«Ecco, ti ha già dato, – pensò Leonardo, – la risposta che cercavi». Non gli piaceva interrogare, se non se stesso. E ne aveva di interrogazioni da porsi.

– Si parlava della Francia che è morta. Era già morta quando tu sei nata.

– Sempre gli stessi discorsi. Non voglio piú sentirli. Venite dentro.

Entrarono in un salotto dipinto di bianco, con liste nere sotto il soffitto. Lei mise una musica un po' andante: «Una colomba bianca come la neve...» in sordina. Ma faceva finta che quella musica non esistesse. Stava seduta e le gambe e le mani erano ferme. Aveva belle mani, con unghie quasi d'argento, accordate ai capelli. Nel volto un'impenetrabile compostezza.

– Perché hai messo questa canzone? – chiese il marito.

– Non mi piace sentire passare il tempo, volevo dire il vento.

Leonardo capiva dove passava il vento: cespugli, rocce, spini, alberi. Non lo legava al tempo, ma allo spazio. Finito il disco, la bellezza di lei fu solo ferma e silenziosa. Se ne staccavano chiarori, come prima dal cielo. C'era una bella differenza fra lí e l'ospedale. Ci pensò meglio: forse non c'era. La differenza vera era tra gli ulivi e l'ospedale: l'antica forza e la fragilità. Li aveva quasi odiati ogni volta che gli era morta una persona cara. Poi aveva finito per lasciarsene consolare.

– Non capisco bene cosa ci sia al mondo, ma c'è qualcosa che non va.

– Se mi portaste fuori, da qualche parte, ve ne sarei grata... invece di star qui a guardarci in faccia.

– Stasera non posso. Ma un'altra sera ben volentieri.

Erano due uomini d'una certa età con una donna piú giovane, che li paralizzava.

– Che cosa ha da fare, Leonardo?

– Niente di preciso. Ma un'altra sera sarà un vero piacere uscire, anche fino all'alba.

Finirono per parlare dei nuovi abitanti di quella antica contrada.

Erano venuti a ondate. Prima gli olandesi, tra loro un architetto che aveva cominciato a comprare e restaurare. Poi gli inglesi e i danesi, qualche tedesco. C'era anche una profuga dall'Istria. Per ultima, una coppia d'arabi. Abitava in un piccolo alloggio.

– È strano che voi siate i soli francesi.

– Ne erano venuti degli altri, ma se ne sono andati. Di posti come questo se ne trovano tanti anche in Francia. A me piace qualche particolare: il blu delle montagne e il giro che laggiú fa il mare, davanti a Cap d'Antibes. Lei forse pensa ch'io sia fuggito dal mio paese...

– Io non penso niente, non penso niente di nessuno. Dico la verità: vorrei che anche gli altri francesi, quelli che se ne sono andati, fossero rimasti. Quelli che sono venuti il 25 aprile del '45 erano cosí gentili. Noi eravano prostrati. Ci hanno tirato su il morale. Erano soldati diversi da quelli che avevamo conosciuto prima. Ho ripensato a loro tante volte.

– Si vede che stasera lei è in vena di ricordi.

– Sarà stato l'ospedale.

– Si fermi e ci racconti.

– Magari un'altra sera. L'inverno è lungo.

– Sembra quasi sempre primavera: il mare prende un vellutato.

– Ho visto inverni duri. Adesso vado. A presto. Vorrei
vedervi da me, farvi visitare la mia campagna. È stata una
gran cosa, ora non è quasi piú niente.

Lo accompagnarono fino all'ultima casa. Un cappotto
gettato sulle spalle, lei camminava assorta e, tornando indietro, disse al suo uomo: – Che gli avranno fatto? Gli
avranno sparato davvero o sarà stata una brutta caduta?

Credevano di non essere uditi, ma l'aria tirava dalla loro parte. Leonardo si volse a guardarli: se ne andavano fra
pini obliqui contro il mare laminato. Poi riprese il suo sentiero, di sassi illuminati dalla luna. A nord, la montagna
smussata, curva come una schiena stanca, mandava lampi
grigi. Andava tra cose che sapeva a memoria, cose ancora
fiorenti nel dopoguerra e finite presto. L'aria frusciava sul-
l'edera aggrappata agli ulivi e su cespi di rose residue.

La sua casa, toccata dalla luna, sembrava accogliente.
Ma non aveva voglia di entrare. Nel cielo, rotto dalla rupe, si aprivano dei cammini: vi trasparivano luci vitree in
fuga e come braccate, a forma di fogliame.

Entrò e tirò fuori un fucile da un fumaiolo in disuso.
Era un fucile a cani interni; ne provò le molle: funziona-
vano bene. Cercò le cartucce, scelse le rinforzate, vecchie
Valsrode. Era una polvere che non si deteriorava né con
l'umido né col secco.

Capitolo secondo

Leonardo passò una notte inquieta e l'indomani andò da Midio. Abitava sopra Argela a mezz'ora di cammino. Da Beragna vi si arrivava per sentieri che aggiravano il paese, e poi per una mulattiera, che qua e là curvava. A ogni curva una prospettiva di mare e di montagne. Man mano che si saliva, la terra si faceva piú leggera, quasi di cenere, fra rocce piú chiare.

Si fermò ad ascoltare: un tordo cantava sopra un ulivo, voce d'organo che sapeva di grandi boschi lontani. «Che sei venuto a fare dall'Asia centrale o dalla Scandinavia? Dappertutto ti aspettano per spararti». Il tordo volò via con uno zirlo, si perse in un dirupo. «Canti bene, un canto di pace, ma sei pieno di paura». Riprendeva il suo flauto, ma infrascato nei cespugli.

Piú su, Midio, comparso dietro un masso, mano piegata, sporca di terra, gli diede il polso. La vanga era nel solco, il manico sulle zolle.

– Lavoro sprecato, caro Midio, viene l'inverno e piove e la terra si riappiattisce anche se è leggera.

– Al ripasso, a maggio, se ne va bene.

– Sono venuto a chiederti un parere, forse a sfogarmi.

– Un parere a me? Che vuoi che sappia? Son sempre col muso nella terra. Vuoi che saliamo in casa?

– Ti dico tutto in due parole. Mi hanno sparato, – disse Leonardo, e si toccò la gamba con il bastone.

– Chi è stato?

– È quello che vorrei sapere –. E aggiunse che si era perduto in una ridda di ipotesi, nella notte.

– Quando è successo?

– Dieci giorni fa, all'imbrunire, stavo rientrando, non ho visto nessuno. Mi devono aver tirato con un fucile a cannocchiale.

Midio chiese se aveva avuto liti di confine, se aveva impedito il passaggio di qualche strada, o visto rubare, offeso qualcuno o se qualcuno lo odiava da sempre. Leonardo disse che per la strada aveva dato il passaggio a minor danno, cioè sul confine.

– È giusto. Chi si lascia spaccare una campagna?

– In quanto ai confini, ho sempre permesso il ricalo a chi scavava e rifaceva i muri. Ho perso mezza terrazza.

– È troppo. Ma se è cosí, bisogna cercare in altre direzioni. Io so soltanto di cose di terra. Cerca qualcuno in paese, uno che conosca di piú la vita.

– Pensavo ad Arnaldo.

– Puoi provare, ma sarà difficile che ti risponda, la terra non parla. L'abbiamo sepolto l'altrieri. È caduto da un muro, è caduto male.

Leonardo si tolse il berretto. – Non sapevo –. C'era il sole di sbieco su fresche zolle che sembravano impolverarsi. Tralci di viti, rami di mandorlo rigavano l'azzurro di un nero vivo. Gli giungevano folate di memoria: «Signore del tempo, signore dei secoli, perdono e pietà». – È compiuta l'opera, – disse.

Se ne tornò a casa: un rifugio. Ma il pomeriggio passava lento e l'inquietudine lo riprese. Colpi di luce sfioravano le mimose, urtavano gli ulivi. «Su voi tra poco scenderà l'ombra». Non stette ad aspettarla, se ne andò di nuovo alle «Case a occidente». Il bar era ancora vuoto. C'era soltanto una ragazza che giocava scalza sul terrazzo. Dai toni era fiamminga. «Chissà che insegue nelle sue corse».

Gli venne in mente una ragazza del suo paese, bella sotto gli stracci, quando anche lui era ragazzo, nei tempi andati. La madre le portava qualche dono da Marsiglia, di tanto in tanto. Poi era morta e la ragazza era cresciuta sempre piú povera, con un seno radioso. «Che occhi avevi?» Ma si distrasse a guardare il tramonto che s'imprimeva in onde lontane.

A poco a poco il tramonto prendeva rilievo, si alzava e s'impossessava del mare con le sue schegge dorate. Il professore e sua moglie entrarono nel terrazzo. Leonardo si alzò per salutarli, si appoggiò al bastone.

– Stamattina siamo venuti nella sua campagna, ma lei non c'era, a meno che non ci siamo sbagliati.

– Fatalità, sono salito in cima alla collina.

– Abbiamo fatto una passeggiata, abbiamo visto le sue mimose. Che tronchi i suoi ulivi, devono essere molto vecchi!

– Fanno ancora figura, ma sono all'ora nona.

– Che cosa vuol dire?

– Sono stati abbandonati.

– C'è tutta una parte del mondo che è a quell'ora.

– A che secolo risalgono? – chiese il professore.

– I piú giovani al Seicento, al Trecento i piú vecchi, li hanno fatti piantare i benedettini, con le buone e con le cattive.

Salivano due nuvole per la rupe, staccatesi dal mare. Tingevano di rosa le ali dei falchi.

– Ieri si parlava della Francia. Lo sa che il presidente muore?

– Lo so e me ne dispiace.

– È roso dal male, si aggira come un'ombra tra le ombre. Muore insieme al millennio. Lei pensa che abbia amato la Francia?

– Come posso saperlo? Mi fa pensare a una vecchia quercia con la *souplesse* di un salice.

– In qualche modo ci rappresenta bene. Credo che in

fondo l'umanità sia diventata nichilista, ma lui sorvola, fa finta di non accorgersene.

– Forse non se n'è accorto, aggrappato com'è al suo ruolo. Dà di sé una bella rappresentazione, come se potesse contare su un lunghissimo destino.

– Nello stesso tempo tratta con la morte, vorrebbe sapere quali sono le forze che stanno dietro la tomba, dietro la lapide.

– Pensa che con la morte occorre trattare?

– Per uno come lui è naturale. Ha patteggiato tutta la vita, – disse il professore. E tirò fuori le sigarette, ne diede una alla moglie, gliela accese. Il lampo dell'accendino si confuse coi colori svanenti. Offrí anche a Leonardo.

– Stasera io qui mi trovo bene, – disse la donna, – anche se le domande che vi ponete sono di gente che non ha piú nulla da fare. Eppure mi trovo bene, non so perché.

– Forse perché sai che domani si va via tutta la notte.

– Non credo sia per questo. Non ho neppure in mente quello che si farà domani. E lei lo ha in mente? – disse, rivolta a Leonardo.

– Preferisco non pensarci. Anch'io stasera mi trovo bene. Poco fa invece avevo paura. Una giornata che non terminava mai.

Il professore sembrava non dare nessuna importanza a ciò che andavano dicendo. Chiese a Leonardo di raccontare cosa era successo all'arrivo dei francesi.

– Erano strane truppe. Ma non mi sembra il caso di parlarne proprio stasera. Mi interroghi fra qualche giorno, intanto mi riordino un po' i ricordi. Partirò da un suono di campane. Un suono cosí gioioso non l'ho mai piú sentito. Gioioso non è la parola giusta. Sembrava che fosse il cielo a suonare.

Mentre se ne andava incontrò uno che aveva piú sopra una coltivazione di calendule.

– Abbiamo fatto notte, – disse.

– Sí, sí, – disse l'altro, curvo sotto la cesta, – bisognerebbe che la giornata fosse piú lunga. La campagna grida vendetta.

Riprese il suo passo. Non pioveva da tanto tempo e i suoi piedi sollevavano polvere. Quel po' di rugiada non bastava a inumidire, la si respirava e basta. Passavano i tassi, creature fraterne e invisibili, li sentiva dall'unghia sulla terra e sulle pietre, creature spaventate. Si vedevano onde di colline, con luci sparse di paesi, tra macchie buie e il cielo chiaro. Si vedeva il paese i cui vicoli si chiamavano ancora «acchiappaguelfi» – i vecchi per via della corrente vi morivano di polmonite –, e piú spento e piú lontano il paese in cui tutti erano cantori. Almeno cinque confraternite cantavano il miserere.

All'improvviso l'aria cambiò, tirava dalle montagne. Era arrivato alla sua campagna dietro la rupe. Le mimose sprigionavano un po' di luce quasi marina. Gli venne voglia di parlare agli ulivi che le proteggevano. – La vostra anima coriacea non è la peggiore delle anime.

Entrò in casa e prese tra le mani il fucile: una doppietta Saint-Etienne che odorava d'olio e polvere bruciata; poi la ripose. Sperava di non doverla usare. Non sparava nemmeno piú ai cinghiali. Aprí la finestra: un ramo nudo se ne andava per traverso inciso dalle stelle. «Meglio che non mi metta a dialogare con la notte». Gli venivano in mente i cani che aveva posseduto, un breton, un maremmano, il loro affetto senza contropartita.

L'indomani dalla sterrata di Argela arrivarono il professore e sua moglie. Era il primo pomeriggio e si affrettò a far visitare la campagna finché c'era il sole, che già cominciava a giocare con la rupe. Mostrò gli ulivi, le mimose, la vigna, il nespolo, il corbezzolo del ritano, il mandorlo, il calicanto. – Fiorisce a gennaio.

Veronique, occhi schiariti dall'aria, si guardava intorno.

– È molto bello. Peccato che quella rupe chiuda la vista.

– Ma vedesse, certe sere: sale un cielo che riflette il mare, la notte non riesce a spegnerlo.

Esitava a farli entrare in casa: era vecchia e in disordine, aveva bisogno di lavori, di restauri.

– E la notte? – lei chiese. – Com'è qui la notte?

– Calma. Anche se ogni tanto qualcuno sbaglia crinale e cerca il confine. Si accendono piccoli fuochi per scaldarsi.

Li portò a vedere due rose antiche su punte di terrazze troppo strette per essere di nuovo scavate. Stavano accanto alla scaletta di un muretto, delicate e quasi orfane, di un bianco un po' abbrunito.

– Scendo a raccoglierle.

– No, le lasci stare.

Tornarono su tra le mimose, che qua e là splendevano. Gli ulivi calavano di tono. C'era un azzurro acre sulle rocce al posto del sole.

– Chi si smarrisce qui di notte? – chiese il professore.

– Si sono smarriti in tanti, adesso son curdi.

– Possono essere loro ad averla colpita?

– Non ci penso nemmeno.

Li accompagnò sino ad Argela, dove avevano lasciato la macchina.

Dietro le case e la parrocchiale, le colline tagliavano la sera. Gracchi le sorvolavano, penetravano nell'azzurro per andare a dormire nelle fessure rocciose della montagna.

La porta della chiesa era chiusa.

– Ci sarebbe da vedere un pittore. Sono cambiati i tempi, una volta era sempre aperta.

– È forse un Brea?

– Si son dovuti accontentare. È quasi uno sconosciuto, uno di Celle.

– È un buon pittore?

– Non saprei, non ricordo bene. Per me ha una sua verità.

Percorsero il lungo vicolo dei tabernacoli, dove due donne, sedute su scalini alti, raccoglievano in una cesta gli arnesi da cucire. Dopo il vicolo e una breve strada in salita entrarono nell'osteria.

Mentre cenavano il tempo cambiava. Si sentiva qualche tuono lontano.

– Meno male che non siamo venuti a piedi come l'altro giorno.

– Vi avrei portati a casa io. Comunque non piove. Non era cielo da piovere.

Di là dalla finestra, i rami spogli di un ciliegio in un giorno color genziana che anneriva lentamente. Il professore domandò se aveva sempre vissuto ad Argela. Leonardo disse che aveva perso tre anni in Algeria, ai piedi del Grande Atlante verso il deserto.

Nell'altro lato del locale, i giocatori di carte si coprivano ogni tanto d'improperi. Qualcuno, a carte ferme, s'incantava a guardare Veronique.

– È stato laggiú durante la guerra?

– Un po' dopo. I francesi erano partiti. Solo qualche disperato come me era tornato per lavorare. Erano anni che qui gli ulivi non rendevano piú niente.

– È vero che il deserto è un'ottima scuola? Molti in Francia lo rimpiangono.

– A parte qualche ora di esaltazione, non ci si vive impunemente senza una fede.

– E altrove? Non le pare necessaria?

– Qui c'è un'altra luce. Guardare qualcuno o qualcosa nel deserto è già vederli morire, – disse Leonardo. Poi aggiunse: – E pensare che il deserto è inarrestabile.

Uscirono che il cielo era stellato. Toccava il campanile e i tetti piú alti. Veronique camminava assorta, le sue caviglie erano sottili. – È dolce e intimo, – disse, lei ch'era stata sempre silenziosa. Ci si vedeva bene. Il suo volto incorniciato dai capelli era pieno di onde azzurrognole.

Attraversarono un vecchio ponte. La luna, posata su una roccia, illuminava il greto del torrente. Al di là del torrente c'erano case di pietra color terra e ulivi chini.

– Che strana potatura.

– A salice piangente. La linfa arriva in punta scendendo e forza la fioritura.

– Non è un capriccio, dunque?

– Non è un capriccio.

– Però è bellissimo.

– Per me è nostalgico, – disse Leonardo. – Non saprei dire perché, ma è nostalgico.

La bellezza per lui evocava sempre un senso di privazione. Gli faceva venir voglia di imprecare. Evocava un aldilà.

Giunsero sulla piazzetta dov'era posteggiata la macchina.

– Ci salutiamo qui, – disse Veronique, – fra queste case ingentilite dal tempo.

Aprí la portiera e mostrò le gambe; poi, seduta, si ravviò i capelli.

– Grazie per il bel pomeriggio e la bella sera, – disse ancora. – Ci venga a trovare presto.

– L'aspettiamo, – disse il professore. Ma era come distratto da qualche preoccupazione.

Il mattino era stato sereno, di un azzurro profondo, apoteosi di novembre. S'era visto il Saccarello emergere dietro una collina su uno sfondo di nuvole leggere. Ora invece la notte era un po' nebbiosa.

Se ne tornava al suo rifugio, tra i suoi ulivi. Alla svolta della Croce, dove la strada si biforcava, incontrò un argelese. Era il nipote del calzolaio di un tempo. Gli aveva fatto tante di quelle scarpe nella bottega dietro il campanile!

– Da dove arrivi a quest'ora, Giobattista? Hai lavorato con la luna?

Un tempo dissodavano anche con quella debole luce. In giornata da altri e di notte nel proprio.

– Sono andato un po' a vedere. Mi hanno detto che c'era un traffico. Invece da me niente. Mi pare che sia nel tuo. C'è anche un fuoco. Avrei dovuto scendere a controllare. Ma sai, di questi tempi, da solo... Se vuoi ti accompagno.

– Non è necessario. Se hanno acceso un fuoco, non è gente che si nasconde. Non c'è da preoccuparsi.

– Da preoccuparsi c'è sempre... A volte un matto...

– Un matto fugge. Immagino chi può essere.

– Son neri o arabi o curdi. Penso che siano curdi. Sono loro adesso che passano.

– È l'ora dei curdi.

– Hai un bastone che brilla.

– È sorbo. Si è scorticato.

– Col tempo diventa rosa. È un lusso. Davvero non vuoi che venga?

– Non venire. Se riesco a entrare in casa sono a posto.

Il fuoco ardeva lento e custodito nell'uliveto. Intorno, uomini accovacciati e donne avvolte da coperte e scialli. E ombre tremule alle loro spalle.

Uno di quegli uomini levò la mano mostrando il palmo nudo.

– Bonsoir, – disse.

– Bonsoir, – disse Leonardo. E accostò a un muretto il suo bastone. A quella mano disarmata l'altro sorrise. Lieve. Ma vi tremava tutta la mestizia del mondo. – Se cercate il confine, è più in là nell'altra valle.

– Non possiamo restare? Siamo stanchi.

– Finché volete. Gli ulivi sono fatti per proteggere.

– Gli ulivi non sono Dio, – l'altro disse.

– Non sono Dio, d'accordo, ma è quanto qui c'è di meglio, – disse Leonardo.

Augurò la buona notte e se ne andò in casa.

Non aveva paura. Conosceva chi fuggiva la propria terra e vagava fra Italia e Francia. E quei tipi cupi e quelle donne dal volto fine non erano né ladri né assassini. Gli venne in mente l'uva d'inverno, ancora attaccata alle viti, becchettata dalle passere, sulla curva di un terrazzo, verso il ruscello. Al mattino gliela avrebbe offerta.

Ma al mattino erano scomparsi. I sentieri erano deserti. E la brezza, che muoveva la cenere, sembrava rovistare nella tristezza degli uomini. «Buon viaggio!» disse a bassa voce. E si riprese il bastone, ch'era rimasto accostato al muro e si dorava al sole come le pietre.

Il sole, l'azzurro diffuso e sospeso, i tronchi silenziosi... Gli venivano in mente i calzolai, le scarpe chiodate. E altra gente faceva ressa all'intorno: il campanaro, i mulattieri, l'organista.

Andò a lavorare nella vigna. Un'aria ròsa dal sole la stava spogliando. C'erano fili di ferro che si allentavano e pali inclinati. Mentre lavorava, lo raggiunse Giobattista.

– Stai già potando?

– Per potare aspetto Natale.

Era meglio che le piante s'abituassero al freddo prima del taglio.

– Stamattina sono confuso, – disse Giobattista. Aveva visto del sangue, sopra nel bosco, e uno scialle su foglie e erbaccio.

– Avevano scialli le donne dei curdi, qui, stanotte.

– Hai sentito sparare?

Leonardo fece di no col capo.

– Possono averla ferita con un coltello.

– O con un'arma col silenziatore.

– Bisogna stare attenti. Sono tempi duri.

– Sono tempi nostri. Assomigliano all'inferno.

Camminavano verso casa. Negli ulivi, per terra, erano spuntati i primi colchici.

– Non lavoriamo di fantasia. Chissà cosa è successo, – disse Leonardo. – Mi sono dimenticato di avvertire i curdi dei pericoli sul confine.

– Le guardie?

– Macché guardie. Ci sono degli arabi che li aspettano al varco.

– Dove?

– Al passo del Cardellino e al passo della Morte; e la polizia dorme. Nessuno interviene.

C'erano dei fremiti. Una sorta di veliero d'aria, argentato, passava tra le cime degli alberi.

– Io me ne andrei a dormire in paese, – disse Giobattista prima di andarsene.

– Di notte, in casa, non ho paura di niente. Può venire chi vuole.

– Allora su di morale!

– Vai a riprendere il lavoro?

– Ho dei carciofi bellissimi. Se non viene il gelo, a Natale sono in pieno raccolto.

Capitolo terzo

Tornò a Vairara. Quella frazione, che s'era perduta e poi era rinata, la pensava sempre con quel vecchio nome e non con quello di Case a occidente. I nuovi battesimi non gli piacevano. Vairara, paese di pietrame e di cespugli, con una base di mare, ora serafico ora violento. Quella sera il mare aveva un andamento inconsueto. Per il sole che vi affondava, si alzava e poi crollava in una pace irrequieta. E anche la collina sembrava sognare in quell'ora. Un po' di vento si curvava sui muretti e riluceva, qualche pietra era azzurra.

Sopra il sentiero, Veronique, appoggiata con la mano a uno di quei muri si stagliava contro il cielo, nel crepuscolo che la esiliava.

Fu lei a chiamare, lui non l'avrebbe disturbata.

– Ha visto che mare? – gli chiese.

– Quand'è cosí, al mio paese dicono che prega.

All'orizzonte era una nuvola d'avorio.

Lo fece entrare in casa. La casa era in alto, sopra le scalette. In genere quando entrava da qualcuno, a meno che non fosse una vecchia abitazione contadina, si asteneva dal guardare, ma lei lo fece passare in una veranda di piante carnose e di cespi mediterranei in vasi appesi e in bancali.

– Questa è una vera serra.

– In serra lei non ha mai coltivato?

– Solo in pien'aria.

– Le piace quel vaso?

Fiori di un blu intenso. Il colore irradiava anche le ombre. Lo affascinavano talmente che si dimenticò di rispondere.

Lei disse che suo marito era andato a una riunione, a una cena seguita da una riunione. Lui si limitò a chiedere s'era andato lontano.

– Non lontano. In una villa qui sulla costa. Lei non va mai a riunioni? Non appartiene a nessun gruppo, a nessuna associazione?

– Con sette e partiti l'ho fatta finita.

– Mio marito non sa vivere isolato.

– Non è un uomo di campagna... hanno bisogno di discutere, di amicizie.

– Lei non ha bisogno di niente?

– Per ora no. Per il futuro una mezza idea l'avrei anch'io.

– Non vuol parlarmene?

– È un'idea che in vita non serve.

– Non riesco a capire, – lei disse. E immerse la mano nel blu dei fiori. Bionda e slanciata, il seno pieno di grazia, sembrava ancora un'adolescente.

– Ho paura di coprirmi di ridicolo. Sono anni che penso di andare sotto terra avvolto nel drappo della *Libre Pensée*.

– Non è affatto ridicolo. Quasi tutti i nostri amici hanno disposto di farsi bruciare. Ma ce n'è uno che la pensa come lei. Posso parlargliene. Lo invito qui una sera.

– La ringrazio. Per ora no. Per ora è solo un mezzo sogno per non morire allo stato brado.

Da quella sorta di serra passarono in una stanza tutta bianca. Era quasi monastica e gli piaceva.

– Lei aspetti qui. Vado di là e le preparo qualcosa. Se vuol leggere, ci sono dei libri.

– Non sarebbe meglio che rientrassi? Stanotte la luna

esce molto tardi. E con questa gamba un po' menomata...
E poi non mi piace che lei lavori.

– Allora facciamo una cosa: prendo la macchina e andiamo a cenare fuori.

Scesero con un'utilitaria fin sull'Aurelia.

– Adesso scelga lei dove andare.

– Città o paesi?

– Preferisco un piccolo paese.

Andarono in su. Muretti e tronchi d'ulivo in primo piano, e stelle ferme come pietre. Il paese era steso su un crinale. Lasciarono la macchina davanti a una chiesa che faceva fronte al mare e aveva alle spalle un giro di montagne.

– Che silenzio! – lei disse.

– La Liguria è bella quand'è silenziosa.

– Preferisce l'inverno?

– Di gran lunga. Altri colori –. «E nel cielo, agonie luminose», pensava.

Cenarono in un locale nascosto tra i lecci. Lui doveva
frenarsi: lei andava adagio: non era segnata da ricordi di
fame. Guardava i rami che sfioravano i vetri.

– Ha un bel nome: Leonardo.

– Un po' solenne.

– Non le piace? Anche il mio è lungo. Quello di mio
marito è un nome breve: Alain.

– Credevo fosse un cognome. Non c'era un filosofo che
si chiamava cosí?

– Che studi ha fatto?

– Nulli, – lui disse. E sorrise d'imbarazzo.

– Ha avuto un'infanzia felice?

– Sempre in giro per le campagne, dalle terre bianche
alle terre dorate, dalle ginestre ai lentischi.

– Le ho domandato se era contento. Non me lo vuol
dire.

– Certe sere sui crinali me ne andavo tra il viola e il viola, un passo mi separava da un'altra vita. A casa non avevamo niente. L'acqua si andava a prendere al pozzo.

Quando uscirono, c'era la stessa brezza che giorni prima muoveva la cenere del fuoco dei curdi. Gli alberi stormivano. A nord era sereno, a sud, nuvolo.

– E adesso dove andiamo?

– Possiamo andare a passeggiare sul mare, a quest'ora
non c'è piú nessuno.

La notte aveva movimenti sul sentiero marino. Il sereno dilagava. Il cielo a nord aveva altissimi crepacci.

– La brezza sta vincendo sull'aria di mare.

– Se è stanca, possiamo tornare a casa.

– Mi piacerebbe vedere la luce prima di rientrare. Ma
qui fa un po' freddo.

Cercarono un bar. Ma da per tutto rumore e schiamaz-
zi, percussioni, macchine, motorini.

– Meglio scappare da questa costa assassinata, non ci si
può piú stare. Conosco un posto riparato dall'aria.

Si spostarono verso il confine. Quella terra verticale, a
picco sul mare, s'era un poco salvata.

– Che ora è?

– Le due meno un quarto.

– Si sentono dei passi, in alto.

– Gente che va verso il passo della Morte.

– È veramente pericoloso?

– Esagerazioni. Un tempo c'era un cancello che co-
stringeva a sporgersi nel vuoto, ora l'hanno tolto. E piú in
alto si passa comodamente.

Parlando di quei luoghi, pensava a «Banana» che vi era
morto, ma gli rincresceva dirne qualcosa. Era ormai un'ombra tra le ombre.

Saliva dai dirupi un odore di lentischi, di elicrisi, il mare, ancora illune, era solo un soffio. Nemmeno una cam-
panella di palamiti: quei suoni che accentuano il silenzio.

Dopo la visita al mare, tornarono sulla collina, nei pres-
si di Argela. C'era ancora un po' di bosco. Si camminava
sul soffice. E all'improvviso un sobbalzo all'orizzonte.

Azzurri appena annunciati sul mare delicatamente bian-

co. La terra inconsistente, porosa, gli ulivi come in un moto di vento, rosa e cenere sulle cortecce. Uno sperone lontano decapitato da un oro friabile.
    – Viene giorno.
    Veronique si accovacciò ai piedi di un tronco ardente.
    – È una notte fallita, – disse.
    – Perché fallita?
    – Mi aspettavo di piú da questa notte.
    – Il mondo è quello che è. Siamo andati un po' a caso.
    – Mi aspettavo l'ora delle confidenze, – lei disse.
    I suoi occhi erano di un blu denso, mitigato dai rifles-
si del crepuscolo. Erano occhi che davano sensi di colpa.
    – Siamo arrivati stanchi all'ora del risveglio, abbiamo
perso tempo.
    – Prendiamo un altro appuntamento –. E tese il brac-
cio perché la aiutasse ad alzarsi.

    Camminava dove erano evidenti i segni del tempo: un
dirupo, un rudere, un troncone di torre in una macchia di
ginepri.
    L'aria tersa portava le voci.
    – Si è sentito male e dopo un'ora è morto. Se n'è an-
dato bene.
    – Aveva l'età.
    I gracchi volavano alto, verso le rocce. «Va piano, Leo-
nardo, – disse a se stesso, – va piano e ascolta, puoi sempre conoscere qualcosa». Adesso le voci si facevano piú
nitide. Dicevano della sera che sanguinava e stava per arrivare il vento. Mentre passava tra rosmarini fioriti si
sentí chiamare. Bernardo e Bartolomeo stavano addossa-
ti a un muretto della vigna spoglia. C'era ancora un po'
di sole.
    – È ora di andare.
    – Se ci aspetti raccogliamo i ferri.
    Scesero per un sentiero, contro un cielo che esitava tra

l'azzurro e il viola. Avevano un telo appeso alla spalla, un falcetto alla cintura.

– Allunghiamo il passo, fra un'ora è notte.

– La gamba non è piú quella di una volta.

– La mia, poi... – disse Leonardo. E mostrò il bastone.

– Che ti è successo?

– Un incidente.

– Abbiamo un'età in cui bisogna stare attenti.

– Guardare dove si mettono i piedi.

Tra i pini la strada andava pianella. Su un costone apparve la Madonna dei Mandorli e, passata la cappella, Argela ancora dorata su una cresta.

– È a un tiro di schioppo. Ma per scendere...

La mulattiera era tutta giri e disselciata. Gli scalini erano alti.

– È come una danza.

– Non ho piú voglia di danzare.

A un certo punto il paese sembrava galleggiare sul mare.

– Però state in un bel posto.

C'erano due casette, ingentilite da due ulivi. Su una si scrostava: «Parva sed apta mihi». Era stata l'abitazione del maestro.

– Ti pare bello?

– C'è la veduta e deve far caldo.

– A luglio si scoppia.

– Voglio dire d'inverno.

– Tutta la vita sbattuti dal vento. Tu sí che stai in un bel posto, quasi un pianoro.

– È un posto da lumache, – disse Leonardo. Gli rendeva la pariglia. – E se parte la corrente da un ghiacciaio finisce lí.

– Sí, ombra ce n'è tanta. Ma c'è anche tanto passaggio: curdi, neri, belle donne. È vero che gli dai da mangiare, che hai delle fantasie per la testa?

– Un po' di solidarietà, ma con prudenza. Lascio vivere.

– Sei armato?

– Fino ai denti.

– La Francia è sempre un richiamo, non c'è che una Francia al mondo.

– Mah! Non so piú.

I sogni erano al tramonto, anche quello della ragione.

– Quando andavo a lavorare in Francia, mio caro Leonardo, mi chiamavano signore.

Si volse a guardare la strada che avevano fatto per scendere. Saliva un'ombra convessa dalle voragini. Ma il poggio dei mandorli era ancora dentro un bagliore che assorbiva il nero dei rami. Sfilacciato dal lato mare, verso i cui diamanti l'aria precipitava.

Capitolo quarto

Lasciò la sua campagna che rabbrividiva nell'ombra e si avviò per la solita strada. Lentischi e rosmarini, sfiorati dai suoi passi, mandavano un aroma sottile. Poi il sentiero solcava una pietraia, dove non crescevano che vedove celesti. Da lí lo spazio si apriva su una luce che errava sul mare e lo scolpiva. L'Esterel, in lontananza, prendeva il tono dell'azzurro pomeridiano.

A Vairara entrò nel bar, andò a sedere alla vetrata. Aspettò a lungo guardando le immagini che formava il mare nella vasta chiazza di sole. Veronique aprí la porta dolcemente.

– Benvenuta.

– È tanto che sei qui?

– Da me c'era un'ombra, un'ombra...

Lei gli sedette accanto.

– Potresti venirtene qui, almeno in inverno. Anzi, potresti vendere in Argela e comprarti qui una casa.

– L'ho pensato qualche volta e ho sentito il rimorso.

– Allora non farlo. Ieri è arrivato quel pittore tuo amico.

– Viene ogni inverno. Dipinge cespugli, foglie e anche i miei ulivi.

– Una volta ho posato per lui. Se avessi visto come mi ha ridotta! Tutt'intorno a me era terra bruciata e terra io stessa, terra la mia pelle mineralizzata. Ho fatto qualcosa di goyesco, diceva.

– Non ti piaceva?

– Era bello, ma non ero io, era vecchia sabbia. Ma cambiamo argomento. Andiamo nel mio giardino. Ti voglio mostrare una pianta che ingiallisce. Vorrei fare qualcosa per guarirla.

Vicino ai ciottoli del sentiero i cespugli sentivano l'autunno. La pianta malata era un corbezzolo nodoso e vecchio.

– Manca il ferro. Dal terreno l'ha preso tutto. Ma è inutile spargerlo adesso.

– Che aspettiamo?

– La fine dell'inverno, se no le piogge lo dilavano.

Il sole si era abbassato. Sul mare la luce serrava un cielo che componeva a poco a poco un'immagine del morire. Mentre lui s'era distratto, lei era tornata al discorso di prima. – ... Anch'io vorrei mettere radici, come la rosa di Gerico non appena la posa il vento.

– Hai cambiato molti posti nella vita?

– Sempre di qua e di là, sempre randagia. Forse quel pittore mi ha capita, mi ha ficcata nella terra.

– Perché avete scelto questo posto?

– Ci è piaciuto, abbiamo comprato. Dicevano che il costruttore aveva avuto i soldi dal re del Marocco.

Andarono verso il portico nel vento che scuoteva i cespugli. Veronique si stringeva nella giacca che le modulava le spalle e il seno piccolo e fermo. Il volto era sereno. Sul capo scoperto, i riflessi di una luce che calava. Entrarono nella sua bella casa, non di lusso, ma una reggia, in confronto a quella di Leonardo. «Da me alle due si sente arrivare la notte, la martora geme sulla roccia».

– Un posto piú è disgraziato, piú ci si attacca, – disse.

– Di che parli, a cosa pensi?

– Alla mia casa. A quest'ora è già buio. Avrei un bel bosco là sopra.

– Lontano?

– A due passi, nel Vallone del Gorgo.

Erano pini d'Aleppo e ginepri, bruciati fin sotto terra:

non era piú andato a vederli. E forse ora la vita era tornata a regnarvi.

– Il Vallone del Gorgo. Perché questo nome?

– Per il vento che vi si incanala, o per l'acqua che gorgoglia e precipita al mare.

– C'è una sorgente?

– Quando piove.

– Potresti andarci a vivere?

– La mia casa ha delle pietre che è difficile lasciare.

– Ciò che conta è il sole, l'aria, le ore di luce, la veduta. Da te purtroppo non si vede il mare.

– Non importa. Il mare, vengo qui da voi e lo vedo.

Lo vedeva anche tardi, come adesso, e aveva ancora luce e grazia, le sue due musiche. La presenza di lei era un di piú nella vita. Era contento che mettesse radici su quelle terrazze a forma di sperone, di prua di muretti.

– A che ora torna tuo marito?

– Stanotte, forse al mattino. È andato a Marsiglia.

Capitolo quinto

Piccoli, esili, erano rispuntati i pini nel Vallone del Gorgo. Il sole scendeva dietro una roccia e le rondini di montagna volavano sempre piú basso. Intorno alla roccia il cielo ardeva. Ma a poco a poco, a gruppi, i pini sparivano nella luce che si faceva scialba. «Sono venuto tardi, sono venuto all'ultimo momento, – pensò Leonardo. – Uno di questi giorni verrò prima». Diede a quei pini un appuntamento prima di andarsene. La strada che scendeva al bar di ogni sera diventava scura. Era bordata di scisti e invasa dall'aria di mare.

– Credevo che non venissi, – disse Veronique che l'aspettava. L'ultimo azzurro, quasi a gocce, le si spegneva intorno.

– Sei stata qui fuori, al freddo. Andiamo dentro.

Entrarono e sedettero vicino ai vetri.

– Che hai fatto in questi giorni?

– Non val la pena di raccontarlo.

– Hai scoperto chi ti ha sparato?

– Dovrò sognarlo per capirci qualcosa. E tu che hai fatto, hai rivisto il pittore?

– Se n'è andato.

– Fa sempre cosí: va e viene, si allontana dal «motivo», finché ci si attacca come a una preda. Da me non è ancora venuto, ma verrà, ne sono sicuro, gli piacciono gli ulivi a primavera, nella fioritura.

– Sono belli gli ulivi a primavera?

– Sono molto piú chiari.

Gli tornò agli occhi il Vallone del Gorgo, la rondine che scartava un masso e col battito dell'ala piegava un esile pino, ne raccoglieva con le piume la rugiada.

Il sole si andava barricando dietro una roccia.

– Sono serate tristi e i giorni sono brevi. Ma l'inverno vola via. Basta aspettare gennaio e le giornate si allungano.

Lei aveva un'aria serena, levigata dal colore che precede la sera. «È antica e giovane insieme, – egli pensava, – e la sua vita non gira intorno a un colpo di fucile».

Non riuscivano a dirsi nulla.

– Tuo marito è tornato? – chiese.

– Resta ancora a Marsiglia qualche giorno. Quando passi, chiamami. Anzi, prendiamo un appuntamento. Domani no, domani non ci sono. Sei libero dopodomani?

– Quando?

– Nel pomeriggio.

Il mattino, stava camminando sul sentiero tra il bosco e gli ulivi quando si sentí chiamare.

– Dove te ne vai, figlio mio?

Era una vecchia, e il cielo formava dietro la sua testa un labaro azzurro. Il volto scavato e ossuto si confondeva coi cespi.

– Che fate?

– Un po' di legna per l'inverno, un po' di sole per il buio. Sono nel vostro? So che confiniamo, ma i confini non li ricordo.

– Cosa andate a pensare!

Teresa sapeva molto bene che lí non c'era suo. Ma non importava. Era cosí raro trovare gente che raccattava legna. Gli sembrava che lei si confondesse con la terra. Un'esistenza fra boschi e ulivi. Era lieve anche se rubava. «E fra vent'anni sarà duro ritrovare la pietra confinaria».

Metteva nel telo qualche pigna. Erano bianche, di pino d'Aleppo, bianche come le sue mani. Andavano giusto bene, tanto erano piccole, per scaldare il caffè al mattino.

– Fate come se ci fosse vostro, fate quello che volete, – egli disse.

– Vi offendete per due rametti? Ve li restituisco, li rovescio qui per terra.

– Per carità! Non mi sono spiegato. Vi lascio il buon giorno e vi auguro buon lavoro.

«Non so piú parlare alla gente, – pensava allontanandosi, – non so piú dire le cose con dolcezza». Andava verso Argela.

Il cielo incorporava il campanile e qualche tetto. Luce densa. Gli piacevano di piú i cieli leggeri. Tra vicoli e osteria fece venir sera. Mentre stava per uscire dal paese lo chiamarono da una cantina. «Adesso mi diranno che si sta meglio qui che su un serro di montagna».

– Hai cenato?

– All'osteria.

– Non ti si vede mai, – Pietro disse.

– Voi vi vedete spesso?

– Argela non è ancora un paese di eremiti.

Arancio posò il bicchiere su un ceppo.

– Non ti abbiamo visto nemmeno il 2 novembre, – disse.

– Sarei voluto venire, ma non ho potuto.

– La sera abbiamo deciso di portare la luce sul cimitero. Passeremo a riscuotere.

– Non so se sia una cosa ben fatta.

– Lo pensavo anch'io, – disse Amilcare. – I morti non leggono alla sera.

– Piuttosto che alla luce, – disse Leonardo, – pensiamo a quelle rose nella salita, con tutte quelle malattie.

C'era un filare prima del cancello: rose bianche fin sotto all'angolo dalle mani corrose.

– Possiamo mettere qualche pianta piú forte.

– Ma se si ammalano persino i roveti, – disse Lorenzo.
– Oggi ci sono mali da cui nessuna pianta si salva.

– Parli bene. Ma passiamo a cose piú allegre. Tira fuori qualche mandorla e vino vecchio, di viti magre.

Parlarono di ulivi e gente scomparsa, di soldati dispersi, di campagne riparate e fertili, di pastori che scendevano a San Michele, di foglie come telegrammi portate dal vento dell'alpe, di marine pescose stupende.

– Continuiamo ad argentare foglie secche, – disse Lorenzo all'improvviso. – Non c'è qualcosa di piú concreto?

– Tu pensa a tirar fuori di questo vino, – gli dissero.

– Io non bevo piú, – disse Leonardo, – io ho della strada da fare per andarmene.

– Continua pure a comportarti da eremita.

– Vi lascio la buona notte, – egli disse. E se ne andò per la strada di Beragna.

Ci si vedeva quasi niente. Aveva voglia di fermarsi. Nel buio, fra bacche appena visibili, si sentiva stanco. Avrebbe voluto qualcuno che ne sapesse piú di lui, e a cui chiedere. «Ma che gli chiederei? ... Qualcuno che conosca il mondo e abbia letto gli antichi. Io ho letto solo qualche francese, e me ne sto nel mio sconforto».

Ci si vedeva sempre meno. Le foglie mandavano un sussurro spento. Pioveva piano.

Capitolo sesto

Trovò Veronique di nuovo all'aperto, in giardino. Grandi nuvole puntavano a oriente, un rovescio andava obliquo nel vento sulla costa francese.

– Sei venuto anche con questo tempo.

Lui disse che era una fortuna abitare su quello sperone quando pioveva. La terra non aveva ristagni. C'era solo un po' d'acqua sulle foglie, sulle pietre cave e nei buchi della roccia affiorante. Si poteva camminare nell'asciutto, mentre da lui la terra non era porosa e ci si infangava.

– Hai sentito come pioveva stanotte?

– Mi piaceva.

– Come fa a piacerti?

– Penso agli alberi. Amano piú l'acqua che il vento.

– Non amano il vento?

– Soltanto quando sono in fiore. Favorisce il passaggio del polline.

Cadde qualche goccia e si fermò sull'onda morbida dei suoi capelli. Indossava un impermeabile, ma la sua testa non era riparata.

– Non porti mai il berretto? – le chiese.

– Qualche volta un basco.

Andarono sotto il portico di casa. Passavano nuvole sempre piú rapide. La pioggia rischiarò il mare, lo uní alle colline in un'atmosfera bianca. Egli pensò che invece il sole vi gettava un manto di lusso. Con l'azzurro ogni cosa andava verso un suo destino.

– Fumiamoci una sigaretta, – disse per rimanere ancora un po' fuori. – Non c'è un portacenere?

Lei mise la mano in una nicchia e prese un piattino, lo posò su una sedia. Era dorato, con decorazioni in rilievo: fiori compatti come pigne.

– Ti incuriosisce? È portoghese.

– L'hai preso a Lisbona?

– In un paesino. Ci sei già stato in Portogallo?

– Tanti anni fa, – egli disse.

– Ti piace viaggiare?

– Se impoverisce.

– Che vuoi dire?

– Se libera dal superfluo.

– È un pellegrinaggio? – lei disse.

Lo fece entrare in una stanza che aveva di fronte, di là dalla finestra, una parete fiammante. Erano cespugli da cui si estraeva una tintura e che a primavera si coprivano di un velo. Non gli veniva il nome, ma prima o dopo l'avrebbe ritrovato.

– A che pensi? – lei chiese.

– A nulla, a quei cespugli.

– Ti ho portato qui perché è la stanza piú calda. Facciamo un patto: d'ora innanzi mi dirai quel che ti passa per la mente. Anzi, ce lo diremo.

Si spogliò tranquilla. Gli disse di accarezzarla. Divenne veemente, come in un flutto. Poi tornò marmorea. Si rivestí del solo impermeabile. Lo accompagnò di nuovo fuori, sotto il portico.

– Forse parto. Ti do una chiave di casa. Quando vieni al bar passa a fare una visita.

– Non so se verrò, se tu non ci sei.

– Vieni, fammi questo piacere, vieni e controlla –. E aggiunse che era obbligata a partire.

– Sei in un brutto passo?

Raggiungeva Alain a Marsiglia, dove faceva delle cure, lei disse, e il suo amore per lui si andava trasformando.

– Dammi pure la chiave, se ti fa piacere. Non control-
lo nemmeno la mia casa, ma la tua vedrò di custodirla.

– Quando passi, alla sera, che ti costa!

– Lo farò, – egli disse, – darò un'occhiata.

Trasse di tasca le sigarette, ne offrí una anche a lei.

– Aspettavi qualcuno?

– Perché mi fai questa domanda?

– Non avevi un appuntamento?

– Con nessuno, te lo giuro.

– Allora ci spiano –. E le mostrò il portacenere con
quattro mozziconi spiaccicati e uno posato delicatamente.
– Quello è il tuo, e io ne avevo fumata una.

– Ne sei sicuro?

– E poi non sono le stesse.

– Non riesco a capire.

– Avrai qualche innamorato, o seguono me, – egli disse. – Adesso va' a vestirti per bene.

– Ho freddo ai polsi.

Aveva le maniche dell'impermeabile rimboccate ed era
uscita un'aria fredda. Continuava a piovere, ma sull'alpe,
momentaneamente, in un bulicame di rossi il tempo si
apriva.

Capitolo settimo

– Conosce questi posti?
– Era la sola cosa che conoscevo, ora non so bene.
– Io non ero mai venuta quassú.
– Io ci sono sempre venuto, – disse Leonardo.
Quanto tempo sprecato sui sentieri che tagliavano la
rupe! Veniva su quei dossi luminosi per uscire dal fosso di
Beragna.
– A me dispiace non esserci venuta prima, – disse la
donna.
Era la nuova cameriera. Era alta, coi capelli neri, alta
e sottile.
– Ho trovato lavoro in un bel posto, – disse ancora la
donna. – È un lavoro leggero e si fanno conoscenze.
Sembrava piena di tenebra, forse per via degli occhi
viola.
Entrò un uomo in giacca di velluto e sedette vicino a
un'altra finestra.
– Rosso di sera, buon tempo si spera, – disse. – Ma sta
di nuovo per piovere. Quel rosso è a forma di spada e quel
dorato è troppo strano.
Una riga di porpora raggiava tra le nubi sulle ombre del
mare e sulla linea delle montagne un sereno dorato bruli-
cava. «Cosa non combina il sole quando cade», pensò Leonardo.
– Ogni giorno ha la sua sera, – disse.
– Beve una bottiglia con me? – l'uomo rispose. Un setter stava accucciato ai suoi piedi. Visto da vicino, quel-

l'uomo gli sembrava di conoscerlo. La faccia era un po'
sghemba con una sua nobiltà nella fronte, i capelli bianchi
sull'abbronzatura.

– Abbiamo fatto insieme qualche apertura di caccia, –
l'uomo disse, – non ti ricordi?

– Sei Michele?

Non avevano niente da dirsi. Ma qualcosa nel cuore restava del mondo lontano.

– Sono stato negli ubaghi a beccacce, c'era un'aria cat-
tiva. Qui sembra d'essere in un altro mondo. Tu dove vai
a caccia?

– Non vado piú da molti anni, non ho piú preso il permesso.

– Le gambe?

– Il cervello. Non ho piú voglia di uccidere. Ma mi piacerebbe far girare un cane, vederlo gattonare –. Rivedeva
il suo breton fremere in tempi lontani: le sue macchie arancio si confondevano col rosso dei lentischi.

– E dove vivi adesso? Vivi sempre in quell'uliveto?

– Sempre. E tu sempre sul mare? Hai ancora i garo-
fani?

– Sono tutti palazzi adesso. Mi hanno dato qualche ap-
partamento.

– Peccato! Quella bella sabbia!

– Quando gli altri costruiscono non puoi fare diversa-
mente, ti levano la terra, la asserviscono, è fatale. Non
puoi opporti al progresso.

– E cosí vai sempre a caccia?

– C'è una legge che ne limita i giorni. Ci sono giorni di
silenzio.

– E quali sono? Sento sempre sparare.

– C'è una legge, ma nessuno la rispetta. C'è gente che
non ha niente da perdere. D'estate vado a pescare, ho un
gozzo, mi levo dal carnaio delle spiagge. Tu non vai nemmeno piú a pescare?... Se un giorno ti decidi...

– Grazie, una sera sul mare la passerei volentieri.

– Possiamo andarci anche questa prima, voglio dire questa primavera. Ma come passi adesso le giornate?

– Sono loro che passano. Quasi non me ne accorgo.

Guardare il mare, guardare il cielo di là degli ulivi non era un'attività che si potesse dire.

La cameriera li osservava. Dove avevano trovato una donna con quelle grandi occhiaie, con quella gamba lunga che usciva da uno spacco leggero?

Salutò Michele sulla porta del bar e cominciò a salire per una stradetta piena di ghiaia. Di tutta quella sera era rimasta un po' di luce in un muro d'ombre, un barlume che serpeggiava. Il cielo non era fermo. Quando giunse in cima, venne buio. Esaminò il cancello con una pila e per la prima volta scorse il nome della casa, in corsivo su un pilastro e tagliato da un rampicante. *Contre le vent*. Bella idea. Di gente che sapeva cosa voleva.

Entrò. Perlustrò il giardino. Capitavano nel raggio della lampada arance ardenti tra foglie cristalline, lentischi e rosmarini sul margine del bosco e, in una radura, i capolini delle «vedove celesti». Gli sembrò di sentire un rumore proveniente dall'interno della casa. O uno dei soliti scricchiolii d'alberi, amplificato dalla brezza notturna? Entrò e si fermò nel salotto. Non andò oltre. Aveva soggezione delle case altrui. Sedette ad ascoltare. Sentí la brezza e un sussurro di cespugli.

Si trovava presso un tavolo su cui erano una pila di libri e una pila di dischi. Lesse i due titoli in alto: *La réponse aux origines du mal* e *Quatuor pour la fin du temps*. Aprí il libro (cercare l'apparecchio e mettere il disco era complicato), lesse le prime righe: «L'amour de l'or est commun à tous ceux qui apprennent à lire la volonté de Dieu dans le même livre: qui dit juif dit protestant». E lo richiuse. Lo collocò dove l'aveva preso, accanto al disco del tempo, che forse era piú serio. Ascoltò ancora: in casa c'era silenzio. Poteva uscire. Aveva fatto il suo dovere, ciò che aveva promesso a Veronique. Tornò nel giardino e s'accese una sigaretta. C'era buio pesto. Sul crinale d'oriente, solo due stelle velate. «Domani il sole non entrerà negli ulivi a fare grande il risveglio».

Il ritorno era assai duro, con la gamba menomata e con quel buio. Era costretto ad adoperare la pila nelle rampe rocciose: gli scalini non si indovinavano a caso. Ma, passata la rupe, la strada andava dolcemente su crete bianche prima di entrare nel bosco. Camminava come un sonnambulo, afferrato dalle cose che gli venivano in mente. Pensava che il male ognuno lo cercava dove gli piaceva trovarlo. «Eccoli, son tutti là, – diceva anni e anni prima un vecchio del suo paese, – ci sono proprio tutti: anarchici, frammassoni e socialisti frusti!»

La strada ora passava negli ulivi, in un fruscio famigliare. Riconosceva al suono tutte le brezze e tutti i venti. Era il momento di fermarsi e poi andare circospetti. Lo avevano colpito proprio là, di sorpresa, l'altra volta, e non era cosí buio, era l'imbrunire. Gli venne in mente il suo maremmano (aveva avuto un maremmano dopo il breton), un cane tutto forza e diffidenza, tutto fiuto e udito e di una grande dolcezza. Era morto precocemente.

Capitolo ottavo

Una donna cuciva sulla soglia, due ragazzi giocavano sulla piazza, accostati a un'ombra luminosa.

Nella bottega un uomo disse: – Tra poco verrà sereno e siamo fuori dall'inverno.

– Ma se ancora non è Natale!

– È quello che volevo dire. Tra poco verrà gennaio e poi viene Pasqua, e si va nell'estate.

Anticipavano sempre le stagioni e i giorni i vecchi ad Argela. Se era sereno dicevano: «Lo pagheremo questo bel tempo»; e se pioveva: «La rimpiangeremo quest'acqua». Avevano una smania di futuro, di futuro che puniva. Mai una volta la sensazione dell'eterno che s'intravvedeva là fuori, delle armonie che legavano le cose: i vicoli, le costruzioni, le montagne, gli alberi.

– Che cosa vuole? – chiese la donna dietro il banco.

– Due uova e un chilo di pane, – disse Leonardo.

In un vicolo, mentre se ne andava, un uomo gli chiese se era vero che gli avevano sparato.

– È roba vecchia.

– Adesso è tutto calmo là in Beragna.

– È sempre stato, – disse. E continuò la sua strada. Era un suo coetaneo già tutto imbambolato dalla morte quello che aveva parlato. «Ringrazio non so chi che sono sano, per ora».

A casa c'era una luce azzurrata sugli ulivi. Era venuto sereno. Posò le uova nella credenza e il pane sul tavolo.

«Alberi toccati dal cielo, – pensava, – alberi della grazia con le radici affondate nei secoli».

Un uomo lo chiamò da fuori. Aveva visto la porta aperta e passava su un terreno su cui non c'era servitú di sentiero. Per questo, piú che per affetto, aveva lanciato un saluto.

– Passo un po' di qui, – disse.

– Passa quando vuoi.

– Sono arrivati i tordi. Senti come zirlano. È neve in montagna.

– Erano già passati a ottobre.

– Questi erano accasati piú in alto, non è ancora il ripasso. Son giorni di bufera e di delitti. Hai visto quanti morti?

– Dove?

– Sui passi del confine. Un nero è stato sgozzato al Cornaio, un altro al Cardellino. Una donna è stata trovata morta in una grotta vicino al mare. Dicono ch'era seminuda. Non si sa piú a che santo votarsi. Ci salveremo?

Si tenne in alto. Aggirò la rupe da occidente per tornare a Vairara. Si vedeva subito il mare. Non aveva premura. Camminava tra cespugli alti quasi come un uomo.

Da un mirto venne un fischio, lo riconobbe: secco e breve, senza modulazione.

– Sei tu, Ernesto?

Era proprio lui. Si spostava in una piccola radura, il fucile imbracciato, i cisti alle caviglie, in testa un berretto militare. L'erta e il pino, buono per la posta, erano illuminati da un sole che se ne andava.

– Quest'anno i tordi sono tornati in anticipo. Hanno lasciato l'Africa e la Spagna.

– È come quell'anno in cui pioveva sempre. Ti ricordi che passo?

Ernesto tirò fuori la fiaschetta dal tascapane e si mise a bere. Poi la passò a Leonardo.

– Scusa se ho bevuto per primo, ma non resistevo. Se non bevo non ricordo.

– Che roba è questa?

– Grappa che faccio io. Non ti piace?

– Sa un po' di ferrame.

– Io bevo qualsiasi cosa. Mi basta per ricordare.

– Altrimenti?

– Non so neanche chi sono, Leonardo. Ho faticato a riconoscerti. Adesso invece ricordo quell'anno: tre tordi per albero e nugoli di cince more –. Parlando, Ernesto s'era seduto per terra. – Siediti anche tu.

– Cosa coltivi adesso?

– Giro di qua e di là, – Ernesto disse. – Non ho piú forza in casa.

– Nessuno coltiva piú niente, per un motivo o per l'altro. Non ti preoccupare.

– Vedi, Leonardo, ascoltami bene, a te posso dirlo: se bevo scavalco quella morte e lui mi torna vivo. Non sai cosa vuol dire aver visto il suo cervello attaccato a una corteccia.

Leonardo cercò una frase, qualcosa... Ma piuttosto che parlare a vanvera stette in silenzio. Vedeva quel ragazzo poggiarsi a un ulivo, col fucile alla tempia. «Un lampo ed è la fine. Non doveva farlo, lasciando lí quel padre».

– Dove te ne vai a quest'ora, senza fucile? – l'altro chiese.

– Là sotto, a Vairara. C'è un bar. Vuoi scendere?

Era sera sul mare. Un tordo solista aveva attaccato la liturgia del tramonto. Su un ulivo piú in alto, fuori del tiro del fucile. L'andamento era calmo, con ghirigori di luce e note nascoste.

Capitolo nono

Pensava all'incontro con Ernesto. «È avvenuto ieri e sembra già lontano. Portava forse lo stesso fucile con cui suo figlio si è sparato ai piedi dell'ulivo». Era di nuovo al bar e guardava il mare laggiú in ginocchio sulle rive.

– Lei è di qui, signore? – gli chiese il vicino.

– Non sono di qui, ma vengo spesso, vengo quasi ogni sera.

– Conosce chi abita da queste parti?

– Quasi nessuno. Non giro nell'abitato.

– Che cosa posso offrire?

– Offro io. Sono di casa, per cosí dire.

Ma la cameriera per il momento era assente.

– Non è mai entrato in queste case?

– Quali?

– Quelle che sono lí sul poggio. Ho suonato a quella che sta in alto, ma è chiusa.

– C'è scritto *Contre le vent?*

– Vedo che la conosce. Non sa quando torneranno?

– Non ne so proprio niente. Forse non torneranno.

– Forse li ha già visti a questo bar. Sono una coppia di francesi, lui è un professore, è già anziano. È lei che lo fa andare di qua e di là. È bella, ma è una cavalla a cui la biada punge nel ventre. È raro che le donne amino il sole. Preferiscono ciò che brilla a ciò che luce.

– Non mi piacciono questi discorsi, signore. Mi sembrano un po' strani.

Tornò la cameriera e Leonardo ordinò del bianco.

– Il rosso che hanno qui non è tanto buono, – disse.

La cameriera portò la bottiglia.

– Viene notte presto, non vi pare, signori?

La terra del dirupo sottostante s'increspava, i cespugli sembravano vagare nella luce in caduta, la catena dei monti di Francia era azzurrina.

– Vorrei che il sole non se ne andasse mai, – l'uomo disse.

– La notte le fa paura?

– Noi siamo figli del sole, noi in transito per Sirio.

– Al mondo tutto si tiene.

– Tutto? Nulla sta in piedi, – l'uomo disse.

Aveva un volto deciso, una ruga verticale sulla fronte. Gli occhi erano aggrottati.

– Che vuole che le dica! Che il transito sia lieve!

– Sarà fulmineo.

«Dovrei cercare di farlo ragionare?» Chiese dove pensava di andare a dormire.

– Sulla costa. Abbiamo una specie di fortino.

Ognuno si chiuse nel silenzio. Leonardo ne avrebbe avute cose da chiedere sui due che lui cercava. Ma come farlo senza raggiro, senza doppiezze?

– Non si offenda, – disse, – se guardo fuori.

Piú tardi, entrò nel giardino di *Contre le vent*. Anche a occidente era sparito ogni fuoco, ogni azzurro; le catene marine s'erano ammantate di stelle. Fece soltanto un giro intorno alla casa. La porta era chiusa, cosí le finestre sopra i cespugli. «Arrivano suicidi e follie. E io non so davanti a chi risponderò di questo mio tempo, del modo in cui lo perdo».

Prese verso Beragna. Camminò con cautela sui sentieri rocciosi. Nelle terre bianche sentí il fruscio di una volpe. Nei suoi ulivi accese la luce che stava davanti alla porta, appesa a un ramo: il terreno gli sembrò orfano. Rivide

le «belles-de-nuit» e altri fiori che s'aprivano alla sera.
«Dove sono le mani che li piantavano?» La memoria dava alla povertà un tocco leggero.

E venne un'ondata di freddo. Dal ciliegio caddero le ultime foglie. Nell'uliveto i fiori, sopravvissuti, presero lo smalto. Cielo blu e sole. Ma non era piú il sole di prima. Non penetrava la terra. S'irradiava piú in alto, inutile e d'oro.

Leonardo sedeva, imbacuccato, su una scaletta al margine del suo podere. Un uomo falciava le terrazze prima dell'aratura. Le erbe si stagliavano su un fondo d'anemoni che cominciavano a deperire; pennacchi d'argento, piegati dalla brezza, sembravano lanciare una muta implorazione.

Quel giorno arrivò il pittore. E, appena arrivato, si mise a guardare gli ulivi.

– È bello, – disse.

– Manca il mare, manca il sole al pomeriggio.

– Mi piace: è spoglio, è intimo, – disse il pittore.

Anziano e corpulento, si muoveva con foga per scalette e sentieri. Leonardo lo seguiva. «Fa sempre cosí, scopre, prende possesso».

Il pittore prese a lavorare a due tele. Era rivolto a ulivi contorti, addolciti da un velo d'argento. Stese solo il fondo.

– Domani le erbe e gli alberi.

Cadde l'ombra e la terra si fece scagliosa. Il pittore andò a lavarsi le mani al ruscello. I crinali divenivano taglienti, diamantati.

Entrarono in casa.

– Abiti in un bel posto.

– Non vedi la luce, laggiú verso il mare? E qui è già buio.

– Che te ne importa?
– Dove sei alloggiato?
– A Case a occidente.
– Tu non l'hai conosciuto quand'era diroccato e si chiamava Vairara. Era circondato dai mirti.
– La prima volta che l'ho visto era già come adesso.

Andarono a cenare in un paese addossato a rocce da cui incombevano ulivi protesi.
– L'anno scorso sono fuggito dal mare. Da te nulla mi costringe a fuggire.
Presero una bottiglia di bianco.
– È del posto?
– Un po' aggiustato.
– Dovrei restare parecchi anni. Allora vedrei veramente, mi metterei a colloquio coi cespugli, con gli alberi. È difficile colloquiare col mare. Occorre un delirio piú forte, stremante.
Dopo cena uscirono sulla piazza. Cielo stellato sopra le case. Un uomo appoggiato a una parete sotto un archivolto.
– Bella notte! – l'uomo disse.
– Fresca.
– Salutiamoci un po' bene. Domani, forse, devo fare un viaggio.
– Sí, buon viaggio. Ma non facciamo scherzi.
Uscirono dai vicoli, sulla strada. Saliva il rumore, quasi un tinnire, di un torrente che scorreva sotto un noce. Purissima facciata di una cappella su un selciato in discesa.
– Che cosa avrà voluto dire?
– Mah! Non so: aveva il tono di chi una volta mi ha detto: «domani faccio colazione con una cartuccia».
– Chi fa, non parla.
– Mah! A volte, di notte, si parla.

In macchina, dopo le svolte, tornarono alla pittura.
Guidava Leonardo. Il pittore, bavero del cappotto rialza-
to, sembrava sonnecchiare.
– Dicono che trai dalla natura ori longobardi e chiese
romaniche di provincia.
– Cosí fosse! Vorrei essere albale, non decadente.
Attraversarono una gola rocciosa, poi sfociarono su ter-
razze aperte. Passarono Argela e andarono lentamente ver-
so la conca di Beragna.
Scesero dalla macchina.
– La notte è dolce in questo buco.
Baluginavano rocce. Vi navigava qualche vela d'opale.
In alto, nel centro, Auriga conduceva i Carri. I poveri uli-
vi, filigranati, sembravano atterriti e fiduciosi nel con-
tempo. Che rimorso averli trascurati!

L'indomani all'alba il pittore era già tornato.
– Voglio vedere come si comporta questa terra alla prima luce.
Si era appoggiato a un tronco e aveva acceso una sigaretta. Finché il lavoro non si avviava, fumava come un disperato.
Il giallo delle calendule fu il primo a comparire, poi il
rosso di una rosa nel buio e il quarzo di un pezzo di terra
che smerigliava le zappe. Poi la luce balzò dappertutto,
l'azzurro assediava persino le fessure dei ceppi, nell'ombra dimenticata.
Il pittore prese nella stalla il cavalletto e una tela, li
portò fuori a testa china; guardava per terra, già concen-
trato. Leonardo partí con un cestino appeso alla spalla,
andò ad Argela, alla bottega. Al ritorno camminò piano.
Dava tempo al pittore. «Che lavori tranquillo sotto gli ulivi!» Nel celeste passavano due nuvole, andavano verso le
rocce.

Rientrò in silenzio. Aspettò, per chiamare, che il pittore facesse una pausa. Fecero insieme colazione. C'erano tocchi di luce sui grumi del pane.

– Qui lavoro bene.

– È passata qualche nuvola.

– L'ombra era viola. Un azzurro liquido scorre sui rami.

Scese l'ombra pomeridiana, definitiva. Soltanto d'estate il sole tornava, ricompariva a nord della rupe.

– Vuoi vedere i quadri che ho fallito? Mi piacerebbe mi dicessi qualcosa.

– E dove sono?

– A Case a occidente, non li ho mai portati a Milano.

Scesero sino al mare, poi risalirono per una strada tutta curve. In certi punti i rosmarini sfioravano i vetri. La macchina sobbalzava.

Il pittore aveva un alloggio modesto. In una stanza, cosparsa di giornali macchiati, due quadri per terra appoggiati alla parete.

– Vuoi che li alzi?

Erano due tele analoghe, come soggetto. Di un azzurro incandescente, di mare. E una donna vi entrava e lo dorava. Un azzurro era compatto e l'altro screpolava intorno a una fessura.

– L'hai presa per il sole?

La donna aveva delle macchie che sembravano sanguinare.

– La luce si accascia, – disse il pittore. Sorrideva mestamente. – L'avevo troppo di fronte. Non sono riuscito a darne l'evasione... Che fatica il mare! Con le terre è diverso, anche con le più accese sai dove appoggiare.

– Preferisci volgergli le spalle, quando lavori?

– Brucia tutto, tutto. Non resta nulla: l'impronta delle cose, la dolcezza, le orme umane.

Quando uscirono e si fermarono per strada, il mare, in fondo, non aveva un taglio bruciante. «Pulsa in pace. Da secoli e per i secoli».

– Dove andiamo?

– Dove credi.

L'ombra era rossa sotto le rose. Un mandorlo splendeva ancora, di una luce punteggiata.

– Da me fiorisce fra un mese.

– Che importa! Basta che le cose accadano.

Andarono al bar. Ordinarono da bere.

– Bella quella cameriera. I suoi occhi hanno il tono dell'ombra dei tuoi ulivi.

Tirava la brezza della sera. S'impigliava nella tenda e nella luce di una quercia ancora carica di foglie secche.

– Bisogna stare attenti alla dolcezza delle cose.

– Faccio il possibile, – disse Leonardo. – Ma spesso non mi riesce, date le circostanze –. Era quasi lí lí per confidare che gli avevano sparato, ma non lo fece. – Perché una donna contro il mare? – chiese.

– La pittura è un lusso.

E il discorso tornò sulla modella, che adesso era via, ma doveva arrivare. – Ma forse tu la conosci.

– L'ho riconosciuta dal passo. Anche se il suo corpo era lacerato, ho visto il suo muoversi.

– Vorrei recuperare tutto, lei e luce di mare, nella dolcezza... Ma non lavorare d'immaginazione. È una donna glaciale. Certo, lavorare da te è piú facile. Ma qualcuno ha detto: «Potrei vivere in un guscio di noce, se non avessi cattivi sogni».

Uscirono che saliva dalle vallette odore di terra. Solo un luçore listava il crinale.

– È meglio che ti accompagni con la macchina. È buio.

– Ci si abitua e mi piace camminare.

– Buona notte, Leonardo.

– Buona notte, Eugenio.

Capitolo decimo

– Cos'è quello scheletro sospeso nell'aria, quello sche-
letro di uccello?
– È il paese piú alto.
– Di cosa vivono lassú?
– Non so bene. Un tempo coltivavano il lino.
– Mi sembra tutto nudo.
Erano terrazze accordate alla forza dell'azzurro.
– Un giorno, dopo il lavoro, vorrei vederlo. Mi ci ac-
compagni?
– Senz'altro. Possiamo anche partire adesso.
– Adesso vorrei lavorare ancora un paio d'ore, – disse
il pittore.
Era tornato al mattino da Leonardo e si era messo a la-
vorare senza parlare di nulla, davanti allo stesso poggio co-
perto di ulivi e erbe mature che attraversavano l'inverno.
Nel paese che si vedeva in lontananza le terrazze erano
spoglie, bruciate dal gelo metà dell'anno.
– Penso ancora a quei due quadri che mi hai mostrato
ieri.
– Io adesso non ci penso, – disse il pittore. – Sei rientrato bene?
– Conosco la strada come le mie tasche. Ho fatto anche un giro. Sono andato a vedere una casa di cui sono di-
ventato una sorta di custode, – disse Leonardo.
Aveva ascoltato anche la musica, il *Quatuor pour la fin
du temps*. Non era molto diversa dal canto del tordo, che,
sere prima, aveva intonato la liturgia del tramonto. La stes-

sa doppia voce, lo stesso calmo andamento, e le rive di silenzio. Un violino rispondeva alle invocazioni di un pianoforte e se ne andava sempre piú in alto, lontano dalla terra.

– A che pensi?

– A nulla. Non posso parlare di cose di cui non ho la certezza.

– Allora bisognerebbe sempre tacere. Bene! Rimettiamoci al lavoro. Devo preparare nuovi colori sulla tavolozza. Guarda là, il terreno è rosso, con sfondi di montagne del piú fine lilla. E il cielo è cosí luminoso che se le divora.

Leonardo andò a finire di potare la vigna. Bisognava sbrigarsi: a fine gennaio erano in umore e il taglio cominciava a piangere. Ci dava corto, solo due gemme, se no le piante, ormai vecchie, si sarebbero esaurite. La terra lí era a zolle chiare, ma verso il ruscello manteneva un solco di tenebra anche in piena luce. Piú in alto, su due terrazze tenere come la cenere, di colore azzurrognolo, le zolle rivoltate sembravano fiorire nei giorni di sereno. Scalzava, e toglieva il secco perché non si impossessasse di tutto il ceppo. Gli sembrava che anche per quelle viti, come per quelle terre nei bagliori del sole, il *Quatuor* fosse già cominciato. Dove due muretti s'incastravano, in un cantone riparato, due luí solerti becchettavano gli insetti sulla pianta del limone.

In mezz'ora di macchina, quasi tutta salita, si trovarono al paese a sagoma d'uccello posato sulle rocce. Sui muri, sulle terrazze nude batteva ancora il sole della sera. La valle era già buia.

Lasciarono la macchina su un piazzale di ciottoli e di polvere e presero una mulattiera che costeggiava le case. Lontano, nel cielo spezzato dai crinali, contro il mare an-

cora luminoso, compariva la schiena ossuta della rupe di
Beragna. Sembrava andare e venire nei lunghi riflessi del
giorno in declino.

– Ne hanno di anni quelle rose.

– Tutti quelli che hanno voluto.

Rose come alberi di medio fusto bordavano la strada.
I patimenti ne avevano inciso e irruvidito i ceppi. C'era
pure qualche mandorlo, argentato dal vischio, nelle zolle
di terra piú fertile.

– Perché non lo tolgono?

– Le mandorle non valgono piú niente, il vischio invece si vende.

– Mi piacerebbe abitare in questo paese.

– A che cosa ti attaccheresti?

– A questi mandorli. Levano rami come tentacoli. Sul
mare ho provato coi cactus, penduli dai ciglioni, col cielo
da due lati.

– Come ti sono venuti?

– Non so, non tanto bene. Non sono riuscito a rende-
re l'ombra che si inoltra negli intrichi tra gli spini.

Eugenio parlava con dolore, con voce sommessa, teneva quasi la bocca ferma.

– Non mi hai ancora detto perché sei finito a Vairara.

– Ho comprato un alloggio. Credevo fosse il mio, invece è un residence. Quando vado via devo lasciarlo a disposizione. Potrei avere una casa in un vero paese, non in
quel luogo a cui non mi affeziono.

– Se mi avessi chiesto ti avrei sconsigliato.

– Non ti conoscevo ancora.

– Ti avrei detto sta' attento, tutti i complessi della costa son di emissari del re del Marocco e della mafia russa.

– Come fai a saperlo?

– Sono cose che si sanno.

– È difficile orientarsi. Beati i tempi in cui Cézanne si
appoggiava alla sorella, che si fidava del confessore, amico di un gesuita a contatto con Roma.

– Dici sul serio?

– Si sbarazzava di ogni problema... E la casa di Veronique sarà come la mia, un po' di tutti e un po' di nessuno?

– Credo che loro siano arrivati per primi. Hanno comprato un rudere dai vecchi abitanti. Terra e rudere. Sono
veri proprietari.

Come spinti da quel poco sole, obliquo, che restava, allungarono il passo.

– Hai fatto fatica a convincerla a posare?

– Fatica, nessuna. Si è messa nuda, ma non posava. Si
amalgamava... Non so come fare a spiegare.

Presero un sentiero che andava verso un ovile. Capre
e pecore non se ne vedevano, ma se ne sentiva l'odore. Eugenio batté contro un filo di ferro, teso fra un biancospi-
no e una rosa canina.

– Non capisco, – disse.

Leonardo guardò per terra. Vide un solco e le pietre
smosse.

– È una difesa dal motocross.

– Ma è pericoloso!

– I pastori diventano feroci quando si tratta di proteggere i loro animali.

Fuori l'ovile era tutto erboso, erba bruciata, muffe e licheni, ma dentro la pietra era nuda, con pilastri come co-
lonne lucenti. Qua e là qualche pelo e un po' di lana li de-
corava.

– L'ha abbandonato in questi giorni. Scendono anche
loro quando scende la temperatura. Qui non trovava piú
niente.

– C'è un silenzio vivo. Non ti intimidisce?

Tornarono all'aperto.

– Quanti muri! Sono tutte terrazze.

Erano le prime ore della notte. Se ne andava a Beragna
a piedi, Eugenio l'aveva lasciato ad Argela. Camminando

rimpiangeva il paese sulle alte rocce, povero e decaduto, dove una volta aveva sentito dire da un pastore: «Nessuno è piú di nessuno». Avrebbe voluto starsene lassú sulle grigie rupi, tra fantasmi di lavande e di lino, tra ricordi di pastori. «Appartiene a una Liguria di montagna ora ridotta a una spoglia». Camminava e, tentennando, andava avanti coi suoi pensieri. Il cielo era illune, ma le stelle ardevano tanto che vedeva un abbozzo della sua ombra lungo i muri. «Poter scrutare queste tenebre, – pensava, – questo mondo che va in rovina, non avere di continuo la testa altrove, lassú su quelle rupi o nell'oltremare».

Sulla porta di casa si sentí chiamare. «Monsieur, monsieur!» Era una voce concitata. Entrò in casa e prese il fucile, tornò con le canne verso terra. Aveva una pila puntata negli occhi. – Tournez la lampe, – disse. – Combien vous êtes?

– On est dix.

– Bien, ne bougez pas.

– On cherche la France.

Disse loro che erano ancora un po' lontani. Bisognava che salissero, poi scendessero in un vallone e salissero di nuovo. Buon viaggio e buona fortuna.

Gli rimase il ricordo di un sorriso pieno di paura in un volto scuro.

Parte seconda

Capitolo undicesimo

Era solo e guardava il mare: scagliava luci su quella costa ed era percorso da ventagli. Tirava il vento delle dame, vento di primavera. Non schiacciava verso terra e all'orizzonte creava pianure di bagliori.

La cameriera portò la mezza bottiglia ch'egli aveva ordinato.

– Che vento è, – gli chiese, – con tutte quelle schiume?

– È vento di sud-ovest. C'è molto bianco e celeste carico.

– Mistral?

– Non è mistral. Il mistral comprime sotto costa.

– Sono tre sere che non parla con nessuno. Posso chiedere perché sta sempre solo?

Gli veniva da rispondere: «Per parlare con Dio, il momento giusto». Ma non erano cose da dire. – E se parlassi con me stesso?

– Bene! La lascio, torno fra poco, se permette.

Era ormai esperta nel mestiere, non esigeva risposte. Tornò e disse che si chiamava Carla. Disse pure di sapere che lui si chiamava Leonardo.

– Carla è un bel nome, il mio non mi piace.

– Quale le piacerebbe?

– Hanno certi nomi le terre di collina: Arcagna, per esempio.

– Non è troppo adatto a un uomo.

– Suona bene. Ma si segga. Chi le ha detto come mi chiamo?

– Veronique. So che la conosce bene.

– La sto aspettando. Ne custodisco la casa. Gli alberi hanno sete adesso che è primavera.

– Tornerà in questi giorni.

– Non sapevo che lei la conoscesse.

– È stata Veronique a farmi venire qui. Prima facevo la commessa.

Non era un tipo da commessa, né da cameriera. Si permise di domandarle se aveva un fidanzato.

– Ho parecchi uomini che mi stanno dietro, non so quale scegliere.

Doveva avere una certa esperienza degli uomini. Si capiva da come si muoveva e da certe occhiate torbide e angeliche.

– Forse è meglio che non scelga nessuno, che viva la sua vita tranquilla.

– Finché c'è Veronique che mi protegge posso farlo. Ma un giorno partirà. Qui è sprecata.

– Che cosa può fare altrove?

– Di tutto. Ha fascino a prima vista. O il fascino non basta?

Egli pensò di sí, che per certe cose il fascino bastava. Doveva avere molti corteggiatori, che con freddezza riusciva a tenere a bada.

– Credo non abbia mai lavorato.

– E lei che lavoro fa?

– Non so nemmeno se si può chiamare lavoro –. Aggiunse che aveva alzato il volto dalla terra e non era piú riuscito ad applicarsi in modo quotidiano. Andava molto a spasso, non senza rimorso.

– La terra mi piacerebbe, – lei disse.

– Viene dalla campagna?

– Mio nonno aveva una barca, pescava per suo conto. Il mare allora non era rovinato.

– È sempre la stessa musica.

Terra in rovina, mare pure. Non suonava mai una mu-

sica allegra? – egli pensava. E disse la prima banalità che
gli venne in mente:

– Lei è giovane e ha davanti l'avvenire.

– La gioventú l'ho sprecata nelle discoteche, – disse
Carla. La festa, tanto attesa, e che tardava a venire, era
passata senza mai cominciare. Anche il dono di sognare
era finito.

Alta, capelli lunghi, spalle larghe, teneva in mano un
rametto di susino in fiore. E aveva sul volto un po' di delusione.

Andò su nel vento delle dame, un occhio alla strada e
l'altro al mare, i cui ventagli impallidivano. Penetrò nel-
l'orto di Veronique. Orto o giardino? Gli ultimi fiori di
mandorlo, i primi fiori di susino.

In casa aprí la finestra. Entrò la luce di un glicine, strug-
gente dentro l'ombra. Verso Francia, l'Esterel, violaceo
nell'aria diafana, sembrava prendere l'alto mare.

Uscirono le stelle, poi la luna dalla collina d'oriente.
Era una falce sul Castello dei gabbiani.

Stava seduto alla finestra, il mento sulla mano. Pensava al mare da cui venivano le cose e al mare verso cui andavano. Pensava ai narcotrafficanti che volevano impos-
sessarsi di quel vecchio rudere e lottizzare tutta la punta
con le sue agavi e i suoi scogli. Tutto il territorio era mi-
nacciato dai nuovi costruttori. «Che ne sarà un giorno dei
miei ulivi con la loro purezza francescana? dei loro licheni, delle loro muffe? Lavorano notte e giorno, sotto il sole e sotto le stelle per aggiogare la terra al cielo».

Gli venne sonno (aveva lavorato fino alle cinque) e si
stese su un divano. «Dormo dieci minuti, – pensava.
– Tanto per avere la forza di andare a casa».

Si risvegliò che veniva l'alba. Aveva ancora negli occhi
la scena della sera e se ne presentava un'altra, press'a poco eguale, piú lieve, piú rosata, con ombre in calando.

Sentí un fruscio, dei rumori leggeri, un mormorare come un sospiro. Aveva paura e si mosse a passi cauti, indeciso. Andò a vedere.

Il blu lattiginoso di una veste scintillava per terra. Veronique era nuda, il volto reclino, la mano allungata sul ventre di un uomo.

Se ne andò senza farsi sentire. Uscí da quella casa. Le strade erano polverose, gli alberi grigi. Rivedeva le palpebre abbassate, la testa malinconiosa, il confronto della luce e di una donna nel silenzio di una camera.

A Beragna, poco prima dell'uliveto si fermò a raddrizzare lo stelo di una rosa che s'era intricato. Poi riprese a camminare sul sentiero ingombro di foglie e di rametti. Il cielo sfolgorava sui pallori del vento.

«Un vortice, – pensò sulla porta di casa, – un piccolo vortice ha preso l'avvio là sulla rupe. Il vento vi ha girato intorno e si è avvitato qui sopra». Fece per aprire la porta, ma la grossa chiave non girava. S'accorse che la porta non era chiusa, ma solo accostata. Era strano. Faceva molta attenzione nel chiudere. Si concentrava, sino a diventare maniacale.

Il solito raggio di sole sul pezzo di pane, il vuoto di sempre. Ma c'erano due sedie voltate verso l'ingresso. «Qualcuno mi ha aspettato». Il fucile era al suo posto, appeso dentro la cappa del camino in disuso.

Tornò fuori, guardò un po' per terra. Non c'erano tracce, orme, segnali. La serratura era intatta. Di nuovo il cielo di genziana sui chiari sentieri di rami. Che altro poteva guardare? «Perché mi avete aspettato? – pensava. – Meno male che non sono venuto. Bisogna che stia attento. D'ora in avanti girerò con la rivoltella».

Pensò anche che gli era andata bene, che, per fortuna, in casa di Veronique si era addormentato e quella luce crepuscolare, in cui si era risvegliato e in cui s'era stupito di lei nuda, gli parve amica. Cosí era la vita: un andamento di mali peggiori scansati per caso. «Forse un giorno mi deciderò a vigilare davvero».

Il vento di sud-ovest, stanco, da Gibilterra, aveva in genere il mistral di rincalzo. Invece lo seguí un vento contrario: levante carico di nuvole. E Beragna s'infangò di nuovo. Beati i posti alti, le terrazze di terra piú rotta dove la zappa penetrava come nella cenere.

Andando ad Argela, sentí un fischio. Poi vide un volto: Eraldo dietro una quercia.

– Che fai qui? Sono tutti nelle cantine, non si può lavorare.

Eraldo gli mostrò una strada azzurra tra le nuvole.

– Appena spiove do il solfato. Le rose sono piene di malbianco. Con questo umido, trionfa. Le Hoover le muffe vanno a cercarsele. Rimpiango le Safrane e le Brune.

– Perché le hai tolte? – disse Leonardo.

Le aveva viste, sradicate, torcersi sotto il sole, consumarsi.

– Nessuno le voleva, neanche gratis.

– E queste vanno, queste Hoover?

– Se l'estero non tira son problemi. Si spera che prendano prezzo per la Madre.

– Quando cade?

– L'8 maggio.

– Me ne devo ricordare.

– È una festa per i vivi.

– Farò finta che sia viva.

– Vieni a bere.

– Me la farò un po' venire in mente.

Ringraziò per il vino, poi proseguí per la sua strada. Ad Argela erano davvero quasi tutti nelle cantine. Anche l'osteria era strapiena.

– Sui vicoli si scivola, – uno disse, – e in campagna si affonda.

– Avessi una campagna come dico io.

Nessuno capiva a cosa alludeva: a quelle campagne di sottili terrazze, dove i grilli ti battevano in faccia nei giorni di sole.

– Stattene un po' qui con noi, a parlare e a bere.

– Ci starei volentieri, ma ho degli impegni.

– Hai l'aria preoccupata, come se ti avessero schiodato il mulo.

– Voi non avete problemi.

– Tu te li crei.

– Forse parli un po' troppo, – disse uno che ascoltava, continuando a giocare. Il gioco era la «belote», rapido e inutile.

Uscí sulla piazza bagnata. Eraldo aveva ragione: una parte del cielo era serena, gli orli di un tetto luccicavano. I rigagnoli per terra rallentavano la corsa. Entrò nella bottega a far la spesa.

E si instaurò sui crinali un sereno ch'era un insulto alle terrazze malandate. Pareva dover splendere in eterno su quelle povere terre. Venne l'usignolo e prese possesso di un folto di querce. Gli occorreva uno spazio suo. Provò il canto di giorno e di notte. Falliva ancora nei suoni liquidi, prolungati, e troncava i gorgheggi. Perfezionava una musica che, a poco a poco, animava le rupi. Aveva cominciato ancora stanco del viaggio. Sembrava non avere rimpianti africani. O forse era un canto di nostalgia.

Leonardo si accorse che il sentiero nel botro di arastre era pieno di lacci per volpi e per tassi. Li disfece a uno a uno. Imprecò contro il suo vicino, un uomo amante delle lunghe agonie.

Salí nel querceto. Il terreno, qua e là graffiato, era disseminato di piccole tagliole con esca il verme della farina,

di cui l'usignolo era ghiotto. Le raccolse e andò a buttar-
le nel pozzo. «Come fanno a dire – pensava – che siamo
fatti della stessa sostanza dei sogni?» La campagna del vicino era tutta cintata di filo spinato, difesa come un fortino. Il proprietario ne usciva soltanto per compiere qualche razzia... Ma era un uomo che fuggiva. Anche se armato, non riusciva ad affrontare nessuno. La malvagità la
covava nel fondo dell'animo. Si sfogava magari contro una
pianta, con l'erbicida.

Capitolo dodicesimo

– Grazie per aver custodito la casa, – disse Veronique.
– Passavo il tempo.
– Anch'io ti ringrazio, – disse Alain. – Veronique è arrivata qualche giorno prima di me e mi ha detto che ha trovato il giardino innaffiato.
– In primavera le piante hanno sete. Basta un giorno di vento e appassiscono.
– Che cosa hai fatto in tutto questo tempo?
– Niente di particolare, – disse Leonardo. – Tengo su la campagna alla bell'e meglio.
– E la gamba è guarita?
– Porto il bastone per vezzo.
Il bastone, essendo di sorbo, aveva sempre piú vene rosate.
– Se ti abitui non ne fai piú a meno.
– Ma voi dove siete stati?
– A Parigi, a Marsiglia, a Nizza. Ma bene come qui non si sta da nessuna parte.
– Dimenticavo di dirvi che è venuto Eugenio e se n'è già andato. Ha lavorato negli ulivi e ha lasciato da me qualche quadro incompiuto.
– Mi ha dipinta contro il mare, – lei disse.
– Quando? – chiese il marito.
La guardava con amorevolezza.
– L'anno scorso. Eravamo a giugno.
– Le lunghissime giornate di giugno...
– Erano giornate un po' ventose. Ricordate?

– Non ricordo, – disse Leonardo. – Ma posso immaginare.

Invidiava il pittore che aveva osservato quel corpo in ore e ore di luce, l'aria tremante sui sassi. Rimpiangeva di non averlo fatto parlare, nelle sere in cui era disposto. Forse aveva visto qualcosa di molto preciso: l'arco dall'infanzia alla morte. O forse, abbagliato, non aveva visto niente.

Entrò una coppia che abitava a Vairara. Lui era medico, in ritiro dopo una disgrazia.

– Bella sera! – lei disse. – Che piacere ritrovarvi!

– Siamo stati assenti piú del previsto, – disse Veronique. – Questo posto mi è mancato. Dove sono questi cieli?

– Io li ricordo, in Istria. Avevo sette o otto anni.

Era una profuga dall'Istria, o dalla Dalmazia. Era venuta via da ragazza, aveva detto in un altro incontro.

– Non fa che ricordarli, – disse il medico, – forse li sogna.

– Che male c'è? – chiese Leonardo.

– C'è che non è mai completamente presente.

– Non sarei presente se non li ritrovassi qui.

Il medico guardò sorpreso la sua donna.

– Può essere vero, – disse. – Ma via tutto, non stiamo piú a ricordare. Nessuno di noi ne ha convenienza.

– D'accordo, – disse la donna, – d'accordo. Ora vivo qui, con te.

I suoi tratti un po' pesanti s'erano composti in linee morbide, un po' materne. L'opposto del volto di Veronique, se un volto può essere l'opposto di un altro.

Entrò un altro cliente. Indossava una giacca sportiva. Aveva i capelli grigi.

– Buona sera a tutti. Ho fatto una passeggiata, il vallone è pieno di clandestini.

– Se è già pieno adesso, figuriamoci stanotte.

– È una danza, vanno di qua e di là, non c'è nessuno che li fermi, neanche il padreterno.

– Siamo al sicuro? – chiese Veronique.

– Noi siamo al sicuro, – le disse il marito, – sta' tranquilla.

– Tu, Leonardo, sta' attento quando torni a casa. Vuoi dormire da noi?

– Conosco la strada, tutti i giri, tutte le pietre.

E nella notte doveva esserci la luna, ed era armato. S'era portato il vecchio revolver a tamburo, un po' lento, ma preciso. Non per loro, per quei clandestini, ma per il nemico occulto, nel caso si fosse fatto vedere, o gli avesse teso un agguato.

– Quando il pittore se n'è andato, non ti ha parlato di me, non ti ha lasciato nessun messaggio?

– Di te mi ha solo detto che ha fallito il tuo ritratto.

– Sono io che non ho collaborato, ho fatto in modo che fallisse.

– Quando uno crede di averla nelle mani, ecco lei sfugge, – disse il marito.

L'uomo entrato poco prima s'era seduto vicino a loro, nell'angolo, tra due vetrate dove la sera si posava. Il mare aveva un cordone di foschie.

«La sera è lunga e delicata, – pensava Leonardo, – e il suo oro è sparso». D'inverno era piú rapida. Intonacava il cielo come un muro e dipingeva a forti tinte, su sfondo di tenebra. Ma era l'ora di finirla con queste storie. Aveva piuttosto bisogno di una levata di sole.

– Non avete idea di quanti ne passano, – l'uomo disse, protendendosi. – I negri vanno a gruppi, chiacchierando ad alta voce. Gli arabi vanno in fila silenziosi.

– L'Europa cambia tinta, – disse il professore.

– Non vi preoccupate?

– Ci vorrebbe per il loro dio una traversia.

- L'Europa è un po' che ha fatto naufragio, - disse Leonardo. - Non so dove abbiamo sbagliato, a che punto.
- Lo dica lei.
- Io non so dirlo.
Il professore riprese il suo discorso:
- Non si distaccano dalle origini senza trauma, non hanno visto Dio morto.
Non si capiva tanto bene, forse aveva saltato qualche passaggio. Ma continuò a parlare senza chiedersi se gli altri lo seguivano.
- Avete visto *La deposizione* di Giotto? Quale abbandono. E vi sono delle resurrezioni in cui a risorgere sono le nuvole. Apoteosi naturale, trasferimento del sacro.
«Devo stare attento, - si disse Leonardo, - devo tacere. I francesi sono bravi in questo gioco».
- Quale abbandono - ripeteva il professore - in quel morto, mentre intorno tutto si anima. Persino l'azzurro ha qualcosa che va al di là dell'azzurro e gli angeli sembrano cantare. Non c'è tristezza.
Nessuno rispose. La conversazione si interruppe. Fuori, l'ultima luce si staccava a fatica da un geranio.

Veronique rovesciò la testa per guardare la cameriera ch'era arrivata alle sue spalle. Con i capelli le sfiorava il grembo. La cameriera propose una piccola cena.
- Per ora continuiamo a bere, - disse il professore.
- Come ristorante non siamo ancora tanto attrezzati. Se desiderate qualcosa me lo direte -. E se ne andò con lo stesso passo felpato, con la stessa grazia con cui era giunta.
- Che ne direste di andare tutti a casa nostra? - disse il medico.
Invitò anche l'uomo che aveva parlato dei clandestini. L'uomo si presentò: si chiamava Edelmiro, ma per tutti era Mire.

– Io sono Emanuele De Ferri, – fece il medico. – Mia
moglie si chiama Astra, proprio cosí. In Dalmazia erano
fantasiosi, di una fantasia che faceva violenza alle parole.

– Un giorno dovrò cambiare nome, – disse la donna.
Non era offesa. Aveva parlato sorridendo. Aveva un volto ch'era tutta tenerezza, d'una antichità un po' aggior-
nata dai capelli corti.

– Ma se è bellissimo, – disse Leonardo lievemente in
ritardo.

La cameriera s'era di nuovo presentata. Aveva portato
del vino, il migliore che avesse. Faceva tutto quello che
poteva per farli restare.

Il cammino fra il bar e la casa di De Ferri era breve.
Veronique procedeva in testa e distaccata. La notte a tratti la copriva. Astra, nel giardino, aprí la luce su una riga
di gerani. Il mare in fondo, sotto un precipizio, mandava
dei barlumi. La costruzione era modesta, con una parte in
legno. «Non c'è la tranquilla marcia di una lunga ricchez-
za», pensava Leonardo. E dagli scalini dell'ingresso diede
ancora un'occhiata al mare.

Astra li condusse in un salotto ornato di quadri veristi:
promontori boscosi, peschi in fiore, ragazzi che giocavano nei vicoli. Di una verità che, guardata, si perdeva.

– Se facciamo silenzio li sentiamo passare, – disse Mire.

– E quando li abbiamo sentiti che cosa succede? – chiese Leonardo. Pensava che ne aveva già visti e sentiti sui
sentieri, sul mare. E le atrocità che gli avevano raccontato-
to! Cose di cui era meglio non parlare, cose che aveva stentato a credere: ebrei in fuga, derubati e buttati in mare da
un barcaiolo nel '38 o nel '39, pastori sgozzati nei casolari
da gente che transitava. – Sarebbe meglio non stare sui confini, – si limitò a dire. – O forse tutto il mondo è uguale.

– Io sto meglio qui che a via Martiri a Sanremo, – disse Astra.

– Non se ne parla nemmeno. Quella è una galera.

Era un quartiere costruito da un deputato che possedeva i terreni lungo un torrente. Naturalmente il torrente era stato coperto.

– Ci sono stata dieci anni, – lei disse. – Mia madre mi diceva: Non ti lamentare, ancora grazie che abbiamo trovato questo posto. Lei andava a servire. Se qui a Vairara ripristinassero il cimitero vi porterei le sue ossa.

– Tanto attaccamento a questa rupe le fa onore. Ma il cimitero lo rimetteranno a posto per speculare sulle cantere o, come si dice adesso, sui loculi.

– Cosí lo distruggeranno! Addio quelle ginestre, addio quei rosmarini.

– Per ora è salvo, con le sue tombe violate.

– Questi rovistatori di tombe, – disse Mire, – li impiccherei per i piedi.

– Purtroppo le prime volte hanno trovato qualche anello.

– Cercatori di un eldorado immaginario, – disse il professore. E allungò la mano verso i capelli della moglie.

Lei nella discussione non era mai intervenuta, pensava ad altro. Alla storia con quel suo giovane amico? Lei danzava tra le rovine?

«Devo ammettere che quel Mire mi piace. È un tipo deciso e non si fa illusioni, capisce al volo. Lo sa che il mondo è dominato dalla distruzione e dall'omicidio. Io non parlo. Se apro il libro non posso piú fermarmi».

– A che pensi? – gli chiese Veronique.

– A un piacevole mondo.

– Se stiamo zitti li sentiamo passare, – disse di nuovo Mire.

– È un'invasione silenziosa, – disse Leonardo. – Solo che non c'è piú niente da prendere.

– Certo da prendere c'è ormai ben poco.

– Le rive se le sono già prese le mafie, complice la capitaneria di porto; cosí le alture, complici i sindaci e non si sa chi.

– Le mafie le fanno paura?

– Alla mia età! – disse Leonardo. «Non c'è piú futuro, – pensava, – temo i rimorsi, le cose che fanno finta di andarsene, poi tornano e divorano il cuore. Non ho che queste sere dall'oro al rosa, alla gamma dei grigi, questi preludi a un passaggio piú grande».

Non riusciva a vedere fuori, se il cielo era nuvoloso sui pini o fitto di stelle.

Astra li invitò a passare in cucina. Finestra aperta e odore di glicine sfatto; forse caprifoglio. Altri quadri alle pareti, di altro genere, altri soggetti: ragazzine lacere e belle, ragazzi cenciosi: i poveri visti da gente di cuore, da gente per bene, visi sognanti, sguardi enormi.

– Belli quei quadri, – disse Leonardo.

Alain faceva di no con la testa.

– Hai visto che giovani un tempo, – disse Astra. – Non come adesso, pronti a uccidere impunemente per conto dei grandi.

– Allevati e reclutati per questo.

– Andiamo cauti, – disse Leonardo. Ma piú cauti di cosí! Ormai tutti stavano tacendo. – Dove siamo rimasti? – chiese. Si era rivolto ad Alain, che sembrava sonnecchiare.

– Quando?

– Prima che partiste.

Il professore non si scosse dall'inerzia.

– Di' tu, Veronique.

– Dove eravamo? – disse un po' confusa. Poi prese un'aria serena, toccata dal solito gelo. – Eravamo a Mitterand morente.

– Adesso è morto, adesso basta, – disse il professore,

– adesso è l'eternità che lo lavora per sempre. «Tel qu'en lui-même l'éternité le change», – citò.

– Mi ha commosso, – lei disse. E manteneva, parlando, l'aria marmorea. – Quel fronteggiare il dolore, la comparsa di una figlia... era bella come una sfinge, la portava in Egitto... il cane che seguiva il funerale, il ritorno al suo paese nella carrozza funebre.

Leonardo la guardava, pensando ch'era competente della morte, dei trapassi.

– Che regía! – disse. – Ha tenuto in mano la sua vita sino alle soglie di un altro mondo, ha rivelato un passato non glorioso, nel tentativo tutto francese di gettar luce prima di sparire.

– È vero, – disse il professore, – le rivelazioni le ha sollecitate. Ma non si può riscattare tutto. Ci sarà sempre una linea di demarcazione.

– Per me ha tentato di chiarire... La sua sfida l'ha lanciata.

– Certo, non era un cacciatore di farfalle dorate, anche se qualche favola l'ha raccontata.

– Poteva morire dolcemente. Invece...

– Invece che cosa?

– È meglio che non parli piú. Non riesco a capire. Ha voluto veramente lanciare una sfida, o levigare e attutire? Non si può capire il pensiero di un uomo che s'approssima a certe soglie. Vuole chiudere armoniosamente? O lasciare tutto nell'incompiutezza, troncare, per cosí dire?

– Dicevi bene, prima. Poteva andarsene dolcemente, con l'aiuto di molta morfina. Ma ci sono dei doveri.

– Farà luce il destino.

Si sentirono dei rumori, dei passi, niente grida. Veronique si alzò, andò alla finestra: nel vano, il suo profilo su sfondo notturno, su stelle lontane. Com'era semplice la vita! Un profilo di donna, una stella che la sfiorava, e spa-

riva ogni problema. Non importava che fosse infedele, o
gelida.

– Non si vede niente, – lei disse.

– Qualcosa si vede, – disse Leonardo. E, per non rivelare che si vedeva lei contro il cielo, disse che il frastaglio
sopra le rocce era un bosco aprico, dove a dicembre, sfrut-
tando il sole e l'aria umida di mare, crescevano i «sangui-
gni», gli ultimi funghi di tutta la regione.

«Adesso chi li smuove piú? – pensava. – Adesso che
Astra ci ha dato da mangiare, resteranno fino al mattino.
Forse per me è meglio. Ogni notte può essere l'ultima».

– Dove abita? – chiese a Mire.

– Qui sotto, al mare. Ma il mio paese è Rocchetta
Nervina. Ho venduto capre e ulivi per comprare un ristorante.

– Rocchetta, paese dei contrabbandieri. Mettevano
bianchi mantelli, per sembrare dei frati. Allora sui sentieri non correva la morte.

– E lei dove abita?

– Ha mai sentito parlare di Beragna?

– Veniva su a Rocchetta un uomo di Beragna. Veniva
ai tordi.

– Che cane aveva?

– Un cane bianco e nero.

– Era mio padre, e il cane era un setter.

– Gran brav'uomo.

– Dicono.

– Lei non lo sa?

– Non ci si parlava.

Veronique era tra i due e sentiva.

– Anch'io con mio padre ho parlato ben poco, – disse.
– Era un violinista di Piccardia, e se n'è andato che avevo tre anni.

– Se n'è andato nel senso che è morto?

– Mia madre è morta, e lui se n'è andato. Mi ha allevata mia nonna. Sono rimasta con lei finché è stata in vita.

– Con una nonna almeno non si litiga.

– Era bella, e stava un po' curva. Non si poteva guardarla senza commozione.

– Era come mia moglie, – disse Alain, che non perdeva mai una parola quando sua moglie parlava.

– Non date retta, – lei disse. – Era piú in carne, era piú forte. Ne aveva subíte di traversie. Era partita da Varsavia a diciott'anni, il giorno in cui entravano i tedeschi. L'ha portata a Roma un diplomatico che s'era invaghito di lei. Poi andò in America. E dopo la guerra venne in Francia dove comprò una chiesa sconsacrata.

– E tua madre com'era?

– Mia madre non me la ricordo. Morí che avevo due anni.

Fuori si sentivano delle urla. Venivano da lontano, dalle balze stellate.

– Non vi allarmate, – disse Mire, – sono i negri che si difendono gridando quando gli arabi li spogliano. Gridano e basta.

– Bisognerebbe intervenire, bisognerebbe fare qualcosa, – disse Astra.

– Domani sentiremo la solita storia, di accoltellati sulle strade, – disse Leonardo.

– Coltelli come astri definitivi, – disse Alain.

Ora toccava a lui parlare, perché Mire gli aveva chiesto cosa faceva nella vita, e Veronique se la fioritura delle mimose durava ancora e se era cominciata quella degli ulivi.

– Le mimose è già un po' che sono sfiorite e in buona parte le ho già potate, – egli disse. – Gli ulivi cominciano a fiorire adesso e l'annata di fiori è buona. Ma non si sa se terranno.

Gli chiesero se aveva tante mimose.

– Ora ne ho duecento, ma un tempo ne avevo tre volte tante, un vero bosco. Sono gelate nell'85.

– Non mi dice niente di nuovo, – disse Mire, – da noi a Rocchetta sono partite tutte e qualche ulivo è morto fino al ceppo.

– Chissà che strazio tutte quelle mimose morte! – disse Astra.

– Le sentivo scricchiolare mano a mano che ghiacciavano. Crepitavano nel sereno cariche di neve.

– Non mi dice niente di nuovo, – disse ancora Mire, – col sereno il freddo aumenta e dà la botta.

– Prima la neve e poi sereno, un cielo come uno specchio. Vi lascio immaginare.

– Non potevi scrollarla? – chiese Veronique.

– Dove l'ho fatto è andata peggio. Mai scrollare la neve, un po' protegge.

– Doveva essere uno spettacolo tutto quel bosco.

– Una bella desolazione, un paesaggio d'inferno.

– Voglio dire quand'erano vive. Tutto quell'oro per la collina.

– Ma, forse, qualche guizzo, mosse dal vento. Prendete un fiore di mandorlo: ha, dentro, del nero. E qualunque nostro cespuglio fiorisce con pudore. Sulle mimose si forma una nube che brilla anche senza sole. Dietro non c'è niente, non si intravvede nessuna strada.

– Fermati, non infierire, – disse Alain, sorridendo. – Tu mostri il rancore che ogni padre ha per il figlio che l'ha tradito.

– No, tutt'altro, – disse Leonardo. – Trasportate qui dall'Australia non sono responsabili della loro morte.

– Di qualcosa bisogna pur morire.

– Vengono dall'Australia? – chiese Astra.

– Sí, signora, dal sottobosco australiano.

– Che cosa resta a un contadino sconfitto? – chiese Alain.

– C'è una promessa d'immortalità per l'uomo amalgamato al suolo: non che una parte di lui non torni affatto alla terra, ma che non ne sia mai veramente uscito.

– Ma che risposta è?

– Ti ho risposto come potevo.

«Ho parlato troppo, – pensava, – se la veglia continua non so di cosa finiremo per parlare. E tu che mi guardi con quegli occhi non so chi vuoi commuovere». Osservava il ragazzo sulla spiaggia: si caricava delle reti che traeva dalla barca, se ne avvolgeva sopra i cenci. Il quadro era appeso sopra una mensola che portava fiori secchi. Il ragazzo ostentava sofferenza, il mare lusso.

Vedeva altri ragazzi, carichi di pigne, di sacchi di olive, di terribili damigiane nei vicoli di Argela. Altri occhi, che la fatica dilatava. «Se guardo laggiú, se guardo a quei tempi, lo spavento mi prende».

In fondo, il ragazzo con le reti era quasi allegro rispetto ai quadri che il ricordo gli portava. «Quei volti logori a quindici anni, scarpe rotte, caviglie nude». E quando andavano coi piedi nella brina?

Un po' di chiaro batté sui vetri.

– Si annuncia un bel giorno, un giorno ventoso.

– Come fa a piacerle il vento? – disse Astra. – Quando fa vento mi rifugio in casa.

– Io invece lo adoro, – disse Veronique. – Mi piace sentirmelo addosso anche quando fa freddo.

Uscirono e guardarono in silenzio, allineati come monaci. Il cielo, a oriente, s'andava espandendo. La valle non usciva ancora dal buio. Ma il paese a nord, su un crinale sottile, era tutto una tastiera. Luceva casa per casa. E lí, intorno a loro, sulla rupe di Beragna, la terra si muoveva. Comparivano ulivi intonati ai muri e muri intonati alle rocce.

– Che facciamo?

– Non ci resta che andarcene, – disse Leonardo.

– Sono contento d'aver fatto la sua conoscenza, – disse Mire. – Ho passato una bella notte. Mi sono trovato tante volte con suo padre, all'alba. Sparava bene ai tordi, sia al volo che al fermo.

– Speriamo di rivederci.

– Sono le montagne che non s'incontrano.

Veronique guardò il bastone di vecchio sorbo.

– Come va la ferita? – chiese.

– Sono guarito, – egli disse. E si ricordò di anziani di paese, le cui ginocchia avvertivano il tempo.

– Abbiamo passato una notte un po' strana.

– Mi è piaciuto ascoltarti.

– Non ti sei annoiato?

– Sei stata lieve, rapida. Vorrei sentirti ancora.

– Sei gentile. Sono stata superficiale e con te non lo vorrei mai essere.

Il vento cresceva. La raffica sbatteva un mirto contro un masso. C'era il dorato adesso, s'insinuava dappertutto, l'abito nero di Veronique ne era fregiato. «Che volto, in questo momento. Come si affina!» Uno scoglio di luce era comparso sulle colline d'oriente.

– È ora ch'io vada. Vi lascio il buongiorno.

Astra gli sorrise. – Vorrei darle uno dei nostri quadri, ho visto che li guardava.

– Grazie del pensiero.

Capitolo tredicesimo

Nel pomeriggio Veronique arrivò da Leonardo. Era presto e la campagna era ancora in pieno sole. Il levante aveva girato e adesso entrava dal mare. Prendeva la valle d'infilata e illuminava l'argento d'ulivi rovesciati sino alle montagne.

– Qualunque vento mi piace, – lei disse.

– È l'unica cosa viva di questi posti.

– E i passanti della notte?

– Sono ben vivi anche quelli che distruggono per affari e professione, – egli disse non senza sentirsi un po' meschino.

– La gente li sopporta?

– Spesso li ammira.

– Sai cosa dice mio marito quando mi lamento?

– Non posso saperlo.

– Che le cose cambiano piú rapidamente della nostra immaginazione.

– Dovevo indovinarlo. Ma è un modo di consolarsi. Qui sono spariti capi rocciosi, palmeti e uliveti secolari, – egli disse. – Ma si può anche ignorare questa voragine, si può far finta che nulla accada.

Come faceva lui, del resto, che guardava una pianta e il mare color turchese tribolati dal vento. «Dimentico, – si diceva, – dimentico».

Erano su un sentiero presso un ruscello che aveva scavato le terrazze. Quando pioveva l'acqua precipitava, ma adesso il fondo era quasi asciutto. Da una pozzanghera una biscia alzava la testa. E un'erbaccia, tra le pietre della proda, alzava una spiga verso l'azzurro. La spiga era deliziosa.

S'accorse che anche lei la guardava.

– Rispunta ogni anno e non ne conosco il nome.

– Di quante cose non si sa il nome, – lei disse.

Si appoggiava al tronco di un ulivo, una mano posata sul lichene. Sotto la massa dei capelli, a onde brevi, gli occhi erano grandi e immobili. Indagavano lontano. O forse no, non si fissavano su niente. «A che mi fa pensare? – egli si domandava. – Ecco, ha un'aria silenziosa e fredda, sembra neve e silenzio».

Non si muovevano e il sole se ne andava, tagliato dalla rupe. E tra la rupe e le querce i rondoni tessevano l'azzurro. Per quelle rocce avevano lasciato i tetti di Argela. Qualche ala, piú alta, sembrava prendere fuoco.

– L'idea è di Alain, – lei disse; e sottovoce e come per scusarsi: – sono la sua messaggera. Domani abbiamo un ospite che devi assolutamente conoscere. Mi prometti che verrai?

– E chi è? – chiese colto da impazienza, ma non sorpreso. Con lei non ci si poteva sorprendere di niente. Aveva sempre una gentilezza superflua.

L'indomani, mentre si avviava, gliene venivano in mente di cose, e se le diceva. «Ti hanno sparato con prudenza, e forse per errore. Perché non lavori invece di andare?» C'erano i suoi muri che avevano bisogno d'essere rifatti e si doravano al sole. Erano anni che non faceva un rattoppo. «Manía francese, – si diceva, – promuovere incontri: malintesa "fraternité". Ma la strada è bella e fra poco il mare mi riempie gli occhi con la sua luce».

Invece era opaco, una foschia lo copriva. Foschia di primavera. Era meglio d'inverno col suo splendore minerale di giornate brevi, ma di luce prolungata.

Ai piedi della roccia, la casa di Veronique sembrava navigare sul biancore.

Li trovò nel giardino. Erano in tanti. Gli presentarono un uomo dal portamento di un ufficiale inglese, ufficiale a riposo. Era francese e si chiamava Albert, Albert Corbières. Sulla settantina, alto e asciutto, occhi vivi.

– Sono contento di conoscerla. Vorrei notizie del suo paese. Potrei dirle che l'ho amato e che lo ricordo ancora pieno di rose.

– Quando c'è stato?

– Nel '45.

– Nel dopoguerra?

– Possiamo anche dire cosí. Sono venuto a conquistarlo, o a liberarlo, se preferisce.

– Credo che non sia piú come lo ricorda.

– Certamente no. Nulla in Europa è piú come allora. Era un'Europa carica di rovine. Ero sottotenente e al suo paese mi sono trovato bene. Argela. Noi l'avevamo già chiamato Argèle-Les-Rosiers.

– Grazie per quel bel nome. Chi l'ha trovato?

– L'ho suggerito io. Dovevamo trovare i nomi per il *rattachement*.

– Annessione a che?

– Alla Provenza, alla Francia. Lei non era d'accordo?

– Ero ragazzo. Mi ricordo come in un sogno. Un mio zio era francofilo fervente. Quando era caduta Parigi aveva pianto.

– Dunque non eravate contro di noi.

– Jamais de la vie! Ma potevate cambiare tutti i nomi che volevate, sarebbero sempre rimasti paesi della fame: quattro rocce e nulla piú. Non dico, qualche piacevole sera poteva anche capitare, col cielo che va di qua e di là. Qualche rosa che il vento sbatte sulle pietre nelle sere perdute.

– Alto là. L'autodenigrazione non serve, – disse l'ufficiale, levando una mano di scarna bellezza.

– È un *rappel à l'ordre*? Devo riconoscere che c'erano greggi di capre e di pecore e una settantina di muli su trecento anime. È vero che in Francia proteggete la pastorizia e l'agricoltura rifiorisce?

– Cosí cosí.

– Qui è un disastro.

Mentre parlavano, Veronique teneva le mani in grembo, come una santa d'altri tempi. Ascoltava con un leggero sorriso.

– Amici, – disse, – è meglio smettere. La memoria pesa, fa sentire il rimorso del tempo perduto –. E a Corbières, allungando una mano verso la sua spalla: – Va' a questa Argela e cosí la vedrai.

Leonardo ne approfittò per proporre di andarvi tutti a cena.

– Mi ci voglio avvicinare a poco a poco, – disse l'ufficiale. Sembrava parlare seriamente.

– Perché tanta cautela per un paese cosí?

– È un paese che ho conquistato, – disse Corbières con un sorriso, – cinquant'anni fa. Voglio passare quella rupe lentamente, anzi, prima voglio andare a vederlo da lassú.

– Non ci si sale con facilità. C'è solo un sentiero tutto gradini, pieno di tane di volpi. Bisogna aggrapparsi ai cespugli. Ma lo conosco bene, se vuole l'accompagno: la rupe arriva sino ai miei uliveti.

– Se m'accompagna, domani ci saliamo insieme.

– Se mi volete, vengo anch'io, – disse Veronique.

La foschia si rompeva e sotto le rocce il mare era d'argento.

Scesero al bar per una mulattiera cosparsa di foglie, strappate ai mirti dal vento. Corbières chiese come si chiamava quel locale.

– È senza nome. Quel gruppo di costruzioni lí sotto si chiama Case a occidente. Un tempo c'erano delle casupole e il posto si chiamava Vairara.

– Era abitato?

– Certo ch'era abitato. Ma che vuole! Mancava l'acqua d'estate e chi poteva fuggiva. In inverno vi scendevano i pastori.

Erano fermi sulla terrazza e arrivò Mire trafelato, buttò la giacca su una sedia.

– È pesante. L'altra mattina avevo freddo. Non vi siete accorti che non è piú primavera? Ci siete tutti, me lo immaginavo, con voi mi trovo bene.

– Manca solo mio marito, – disse Astra, – ma verrà.

Aveva taciuto sinora, mantenendo un'aria gentile; sembrava impastata di terra e polline, non di marmo che fa soffrire. «Si ripeteranno le cose dell'altro giorno?» si chiedeva Leonardo.

Sí, le cose si ripetevano. E tutto quel gruppo, quella brigata si trasferí nuovamente a casa di Astra, si fermò a parlare nell'orto. Leonardo guardava le case sorte da poco e pensava agli scomparsi che avevano coltivato quei campi sassosi. Rivedeva i fienili fessurati, le stalle. «Che volete, se ne sono andati», pensava. Il mare si era liberato. Da lí salivano crinali e crinali; andavano a levigarsi lontano, verso Cima Marta nebbiosa, dove il cielo non riusciva a districarsi dall'oro che vi si posava.

– Allora, vi fermate a cena?

– Per me va bene, – disse Leonardo. – Ma non vorrei che si stancasse e vorrei un giorno contraccambiare.

Aveva trovato una compagnia che gli piaceva, una banda di scampati. «Ma scampati a cosa?» si domandava.

Da una macchina in curva giunse un rumore d'inferno: tamburi di uno stereo a tutto volume. Andavano su al bar, andavano da Carla, qualcuno disse. E Veronique aggiunse che Carla li sapeva tenere a bada. La quercia sull'orlo del giardino si doppiava di ombre luminose. Veniva sera.

– L'Esterel è azzurro cupo, – disse Veronique. – È strano come quelle montagne seguano in ritardo il colore del mare.

Il massiccio si ergeva nitido sull'acqua che s'infuocava.

– Era carica di giovani quella macchina, – disse Astra.

– Lo si capiva dalla musica, – disse Veronique. Poi, rivolta a Leonardo: – Dei giovani che ne pensi?

Leonardo disse che non pensava niente, che bisognava valutarli uno a uno.

– A me sembra che non sappiano né riflettere né pensare.

– D'accordo, Veronique. Ma è meglio non creare abissi. Si comincia con le generazioni e si finisce con le razze. Non sono certo io il piú adatto a parlarne. Mi sento piú vicino a quelli che hanno consumato la vita su queste terrazze.

– Ben detto, signore! – disse Corbières. – Negli abissi si rischia di cadere.

– Non saprei. Forse Veronique ha ragione. Non se ne può piú di questi giovani, se ne sente troppo parlare: giovani e droga, giovani e musica nuova, i giovani e i loro problemi.

– L'umanità ha sempre inventato dei binomi. Nessuno è mai riuscito a farla pensare.

Nella sera che si spegneva brillava la mezzaluna circondata di stelle.

– Sarà notte di passaggi, i sentieri si vedono bene, i passeurs sono tutti all'opera.

– Nessuno li ferma?

– Nessuno. C'è tutto un mondo notturno e sotterraneo.

C'erano sempre due mondi, pensava Leonardo.

Si sentirono dei passi, quasi un fruscio.

– Chi sono? – chiese Corbières.

– Ascoltiamo. Non capisco ancora se vanno o vengono... Vanno, devono essere curdi.
   – La Francia si riempie di quei barbari di montagna, –
disse Corbières. – Poco male, – poi aggiunse. – Sono tipi
che si fanno i fatti loro.
   Leonardo disse ch'erano tristi e silenziosi. Le donne
erano avvolte in lunghi scialli, il capo reclino.
   – Li ha sacrificati Kissinger, – disse ancora Corbières,
– per avere il petrolio iracheno. La politica, diceva, non è
opera da missionari.
   Poi si lanciò in una lunga predica: campagne di stermi-
nio, popoli che il mondo non ascoltava. Ai curdi tutti sparavano addosso e si sparavano anche tra loro.
   Si sentirono ancora dei passi, mentre i primi svanivano.
   – Siete sicuri che sono curdi?
   – Tempo fa erano da me, hanno dormito nei miei uli-
vi. Si sono accesi un fuoco.
   – Da te succede di tutto, – disse Veronique. – Perché
non dici che ti hanno sparato?
   – Ti hanno sparato? – chiese Corbières. Senz'accorger-
sene era passato al tu. – Per quale motivo? E chi è stato?
   – Non lo so. Ho indagato. Non parliamone piú.
   – Forse credi di avere indagato.
   – Vi ho riflettuto anch'io, – disse Alain.
   – Proprio tu che in pieno combattimento sognavi, – ri-
batté Corbières.
   «Devono essere stati compagni d'armi, – Leonardo
pensò, – nonostante la differenza d'età».
   La luna si era posata su una roccia. Il gruppo di stelle
era rimasto piú a oriente. Camminava con piú lentezza.
   – Passiamo tutti in cucina? – disse Astra.
   Si misero a un grande tavolo.
   – Rimpiango la veranda, – disse Veronique. Parlava a
Leonardo sottovoce: – Quella luna, quelle stelle. Si vede-
va anche un po' di mare.
   E poi di nuovo passi, fruscii di cespugli e un parlotta-

re. Un transito segreto a cui i picchi facevano da sentinelle lunari.

– Stavolta chi è?

– Entrano. Sono arabi e negri.

– Anche da te è cosí?

– Da me arrivano solo quelli che sbagliano strada. O chissà, forse vogliono riposare.

«Vi sono due Ligurie, – pensava, – una costiera, con traffici di droga, invasa e massacrata dalle costruzioni, e una di montagna, una sorta di Castiglia ancora austera; io sto sul confine».

Dopo un poco un'altra folata di gente in cammino percorse la collina.

– Ma questa è una vera calamità, – disse Corbières.

– Può darsi che lo diventino piú in là. Ma qui sono innocui, hanno paura. Bisogna stare un po' attenti, questo sí. Ti guardano, ti scrutano, poi chinano gli occhi e vanno. Qualcuno piú ingenuo ti chiede di portarlo in macchina sino a Genova. Credono che Genova sia subito lí.

Passò una mano sul margine dell'ombra dei capelli proiettata sulla tovaglia. «Ecco un'onda», pensò. Seduta al suo fianco Veronique era viaggio e sogno. Nessuno se ne accorgeva. Ma forse lei se ne accorse, perché mosse la testa e l'ombra danzò.

Si volsero entrambi e si guardarono dritto negli occhi.

– Che strana sera, – lei disse, – in balía di chi passa.

– Dove vorresti essere? Nella tua chiesa sconsacrata?

– Non era una chiesa, era una casa nelle Cévennes.

– E tua nonna non era una polacca?

– Quella sera mi andava di avere una nonna cosí. Un padre violinista sí l'ho avuto, era violinista dilettante. Avessi sentito come suonava! È morto ch'ero ragazza.

– Io sono lento a passare da una storia all'altra. Rimarrai a lungo discendente da una polacca.

– Sei stato nelle Cévennes?

– Ehi, voi ve la raccontate! – disse Alain. – Perché non parlate ad alta voce?

– Parliamo di morti, – lei disse. Poi chiese di nuovo a Leonardo (stavolta non sussurrava) s'era stato nelle Cévennes.

– Non ho la fortuna di conoscerle.

– Avresti visto i piú bei pendii gialli e viola, le piú belle pietre del mondo sugli altopiani.

– Siamo qui perché lei si è innamorata delle rupi, – disse Alain. – E io l'ho seguita.

– Sei pentito?

– No, non sono pentito.

E lei allungò la mano sopra il tavolo e la posò sopra il palmo della mano di Alain.

Corbières domandò com'erano gli ufficiali italiani, se avevano coraggio, competenza, cultura. Solo a lui poteva venire in mente una domanda cosí.

– La classe militare è finita nel settembre del '43.

– Vorrei sapere se sono di parola.

– Quel settembre i generali sono scappati.

Bussarono alla porta. Colpi leggeri. Corbières si alzò e Leonardo lo seguí. Guardarono le terrazze nel pulviscolo della luna. Poi rientrarono.

– Chi c'era?

– Nessuno. C'è un campanello là fuori, avrebbero suonato.

– Mi interessava il vostro discorso, – disse Alain. – Perché non lo riprendete? Anche gli eserciti fanno parte del corpo malato dell'umanità.

Veronique chiese all'improvviso se c'era ancora la luce al bar. Leonardo rivide la luce alla vetrata, le rocce a schiera.

– Sí, c'è ancora, – disse.

– Sono preoccupata. Qualcuno mi accompagna?

Leonardo l'accompagnò.

– C'è troppo orgoglio in Corbières, – lei disse sottovoce per la strada. – Era capitano in Algeria e mio marito era di leva. Era troppo giovane. Molti della sua età vogliono dimenticare. Si sono messi ad amare paesi lontani; altri, come Alain, se possono, vivono in Toscana, in Liguria, in Andalusia. Una sorta di diaspora per senso di colpa.

– Potessi lo aiuterei, – disse Leonardo. «Non si sa mai cosa fare», pensava. Alain almeno era accompagnato da una donna che nei barlumi della luna, sui sassi della strada, era riposo e sogno.

Capitolo quattordicesimo

Si staccarono dalla finestra del bar. Incespicarono nei sassi. La luna si celava dietro un pino.

– Segui i lentischi, – disse Leonardo, – non ci sbagliamo.

Quando il sentiero si allargò andarono fianco a fianco. Le ombre tagliavano le terre. Il mare in fondo aveva una strada chiara.

– Non è tanto quel che faceva, quanto il suo volto...

– Che aveva? Era pieno di voglia?

– Era come in volo.

L'avevano trovata con due giovani: uno la stringeva tra le braccia, l'altro l'accarezzava. Lei teneva la gonna alzata sino alla cintola. Sul blu dei ricami, la mano era bianca, nervosa.

– Perché ti dispiace? Sei gelosa? Avremmo dovuto telefonare, – egli disse. Ma aveva l'impressione che in fondo Veronique se lo aspettasse.

– Meno male che abbiamo guardato prima di entrare... Pensiamo ad altro.

Si vedevano strade e strade, sentieri sconnessi, rocce, la luna ormai separata dal gruppo di stelle che prima, sul far della sera, l'accompagnava. C'erano baratri luminosi e baratri cupi.

– Sarebbe un bel posto, se fosse tranquillo.

Venne un rumore dal pendio sotto strada. Qualche cinghiale o qualche cacciatore. Ad Argela c'era sempre qualche cinghiale steso su un banco nelle cantine, con ferite a

stella e labbra contratte. Poteva essere anche qualcuno che
s'era perso o si nascondeva.

Veronique s'era fermata. La sua fronte marmorea si ve-
lava, spariva il pulviscolo dai cespugli, la luna entrava in
un picco.

– Mi vuoi? Mi vuoi qui dove siamo?

– Là dentro ci aspettano con ansia, – egli disse.

– Forse temi che mi sia offerta per dispetto. Ma non è
vero.

– Puoi venire da me, uno di questi giorni. Ormai sai la
strada, – egli disse.

Adesso Carla, che si dava nel bar, gli riappariva in uno
spazio piú vasto, in un abisso lussuoso, dove solo una giovane donna poteva incedere con grazia. «Il suo strazio, –
pensò, – era venato di gioia».

Tranne l'orlo del picco, la terra era buia, ma il mare era
ancora luminoso. Tirava la brezza dalla montagna.

– Tutto bene, lassú al bar?

– Tutto bene, – disse Leonardo.

Astra chiese cosa volevano bere.

– Un cognac, solo un goccio, – disse Veronique.

– E lei, Leonardo, cosa beve?

– Un cognac anche per me.

– Facciamo una strana vita, di questi tempi.

– E lei, Mire, non beve?

– Nel bere non voglio essere secondo a nessuno, – disse Mire, con voce strascicata. – Che aspettiamo? La carrozza mentre il tempo vola. Intanto c'è chi si è fatto una
passeggiata.

Leonardo non disse niente. «È geloso, – pensava, – la
bellezza di Veronique gli ha dato alla testa. Quei toni,
quei bagliori piacciono all'improvviso». La notte fuori si
era fatta silenziosa. Aveva ormai smaltito il suo carico di
clandestini. «Facciamo della notte giorno», pensò anco-

ra. E gli venivano in mente altre notti: se ne stava di fronte alla stufa, dopo aver mangiato il pane scaldato sulle braci, e ascoltava il crepitio del ceppo che bruciava, la brezza che stormiva fuori, e il sordo assestamento di qualche pietra nei muri delle terrazze; e dopo ore che stava lí ad ascoltare gli sembrava di sentire il canto funebre della terra, senza cadenza e senza suono. «Meglio qui, – fu la sua conclusione, – aspettando che qualcuno mi riconduca a casa».

Astra s'era messa ad armeggiare intorno ai fornelli. Preparava un decotto di salvia e rosmarino. Vi aggiungeva la scorza di un limone. Poi posò il limone sbucciato sulla credenza, accanto a un vaso di papaveri. Quei papaveri rifletterono per primi la luce del giorno che spuntava.

– Passate nella veranda, – lei disse.

Di là dai vetri gli ori e gli argenti aggredivano già la terra, strisciavano al suolo, salivano alla montagna, anche se il grigio predominava. Poi l'azzurro fattosi vivo fece tremare ciò che toccava.

Su quel pendio illuminato, un uomo arrancava. Una tunica gli arrivava fin quasi ai piedi. Su un braccio portava un essere vivente infagottato e si aggrappava ai cespugli per raggiungere il sentiero. Depose il fagotto sotto la quercia che tra luce e vento si animava.

Astra e Leonardo andarono subito fuori.

– Non toccatela, – l'uomo disse, – ha una gamba rotta.

Gesticolava, parlando francese.

Astra era già inginocchiata e la scopriva, le accarezzava la fronte. L'uomo guardava tranquillo. Poi pianse, cosí com'era, senza una smorfia. La bambina non piangeva, stordita dalla gamba che le si gonfiava. Stava coricata e si aggrappava con una mano all'orlo della tunica di quello che doveva essere il suo vecchio padre.

Astra e suo marito erano partiti con la bambina per l'ospedale. L'uomo sedeva dentro la veranda. Non voleva niente, solo un bicchiere d'acqua. Prima di entrare, aveva guardato la macchina scendere per la collina, e aveva fatto un gesto come a dire: Dio li accompagni.

– Che devo fare? – adesso chiedeva. Si rivolse a Corbières: – Mi dica lei che è piú anziano.

Disse ancora che la bambina era sua nipote e che suo figlio s'era buttato sull'altro versante con altri due ragazzi e con la moglie. Erano stati aggrediti sul crinale.

– Io direi di andare a vedere, – disse Corbières, – non appena lei se la sente.

– Sí, è quello che dobbiamo fare, – l'uomo disse.

– Andiamo io, Leonardo, Mire e quest'uomo –. Poi si rivolse ad Alain: – Tu stai qui con tua moglie e ci aspetti. Non possiamo lasciare la casa aperta e incustodita.

L'uomo era già pronto per partire. Uscirono nel grande riflesso del mare. Camminarono su aghi di pino, su aghi di ginepro, sulla roccia nuda, che in certi punti era consumata dai passi umani.

Su un pianoro si imbatterono in un ovile. Il tetto arcuato era coperto di licheni. Poi andarono tra ulivi che emergevano dai rovi. Sotto il crinale, una parete e massi calcarei.

– Erano là, dietro quella pietra inclinata.

– Proprio sul confine.

Guardarono per terra intorno a ogni pietra. C'erano ombre e macchie di sole. Si sentiva l'aria passare e il canto sommesso di una capinera. Cantava in un cespuglio di lentisco su un negro pugnalato. Occhi chiusi, camicia piena di sangue che seccava. Una lucertola camminava sulla caviglia.

Cercarono ancora: non c'era altro.

– Era con voi?

– Non era con noi. Io sono curdo. I miei, forse, sono passati. Sa, mio figlio è forte.

«Quel negro ha avuto sfortuna, – pensò Leonardo. – Un attimo prima o un attimo dopo, e la morte l'avrebbe schivata». – Non sa dire chi vi ha aggredito? – chiese.

– Sa, era notte. S'intendevano a fischi.

Il ritorno fu piú lento dell'andata. Ogni tanto una roccia invetrata rimandava dei raggi.

– Che disastro! – disse Mire. – Ma devo dire che me lo immaginavo.

– È meglio che Alain non sia venuto, – disse Corbières, – è debole di cuore.

– Una moglie cosí bella richiede sforzi e sacrifici, – disse ancora Mire. E Corbières non lo stette neppure a sentire.

Camminava sicuro, nonostante i suoi anni e ogni tanto emetteva un sospiro.

– Mai visto niente di simile, – diceva, – un paesaggio scosceso, senza pace, cosí posseduto dal mare. Capisco chi lo ha scelto a dimora. Se fossi ricco anch'io verrei a viverci.

– E io se fossi ricco, – disse Mire, – me ne andrei tanto lontano da non vederlo mai piú. Alture con due dita di terra, bruciate dal vento e dal salino. Roba da dimenticare...

Leonardo si accorse che il curdo era in preda a una sorta di mancamento e ogni tanto barcollava. Gli si mise al fianco per sorreggerlo, in caso di necessità. «Chissà come appaiono a lui queste terre, chissà da quanto non mangia», pensava.

Capitolo quindicesimo

– Mi sembra la loro macchina.

C'era una macchina che saliva nella macchia di rosmarini.

– Non lo è, – disse Veronique. – In questi ospedali, tra radiografie, gesso e tutto quanto, ci vuole del tempo.

L'ospedale era in una piana, vicino al mare, in un agrumeto. Un tempo era stato una scuola di religiosi cacciati dalla Francia dopo l'affaire Dreyfus.

Il vecchio dormiva. Non aveva voluto un letto. E anche Alain sembrava sonnecchiare, seduto sullo scalino. C'era un bel sole. La rupe di Vairara mostrava tutto il suo splendore. Cominciavano le lunghe giornate di luce che cullava persino la fossa opaca di Beragna.

– Succedono cose incredibili, – disse Corbières, – cose che provocano sdegno.

– Questo è niente, – disse Mire. – È quello che succederà!

– Bisogna toccare il fondo... L'ho sempre pensato.

– Ogni anno le cose si aggravano, – disse Veronique.

Era tra un cespuglio che strisciava per terra e un albero arrampicato nell'azzurro.

– Che ora è?

– Sono le dieci.

– Perché non vai un po' a riposare?

– Non ne ho bisogno, – disse Veronique.

– E stamattina hai un po' dormito? – chiese Leonardo.

– Come potevo dormire, mentre voi eravate su quei sentieri!

– Dovevi star tranquilla, io ero armato.

– Questa sí che è saggezza, – disse Corbiéres, – io e lei siamo fatti per intenderci.

– Bisogna sopravvivere, – disse Leonardo, pensando ad altri pericoli, di cui conveniva tacere.

– Mentre andavate, vi pensavo, – disse Veronique.

– Di questo ti ringrazio, – disse Leonardo. «Chissà come ci immaginava, – pensò, – forse come dei morti che cercano i morti. Lei è la vita, specie quando è investita dal sole».

Il vecchio curdo s'era alzato col suo fagotto di stracci, s'avvicinava.

– Come farò a trovare i miei figli, chi ci riunirà?

– Torneranno a cercarla, non è possibile che non si facciano vivi.

L'aria coagulava il suo pianto.

– Tanta strada per niente, signore! E se non si fossero salvati?

– Li avremmo trovati sul cammino. Se è il caso l'accompagno io di là. Per ora aspettiamo.

Il sole faceva il suo corso sulle rocce, le incrostava, cosí come laminava il mare; dava a tutta la costa l'aspetto di una scogliera. Era arrivata l'ora dei riflessi luminosi. Avvolgeva come in un'ombra. Ci si vedeva poco.

– Che belle terre!

– D'inverno sono un po' buie, – disse Leonardo.

Avevano passato la rupe e si trovavano davanti alle terrazze di Beragna, su un pendio meno ripido. Il sentiero entrava in un terreno che faceva come un'onda prima di un'erta.

– Sembra di essere in una culla, – disse Mire. Poi, guardando per terra: – Questi sterpi potresti anche toglierli.

Leonardo non rispose. Mire aveva voluto accompagnarlo, non aveva avuto voglia di tornarsene a casa.

– Ce n'è di cose in questo sito, – disse ancora. – L'hai ereditato?

– Sarebbe stato meglio non l'avessi mai visto. Ora va bene quando pareggio.

– Vedo che la casa è in pietra. Dove l'avranno presa?

– Hanno dato qualche mina.

– La terra è fatica. Ma dà qualche soddisfazione. Come si fa ad abbandonare questi ulivi? – disse Mire. Poi aggiunse che i suoi li aveva venduti. S'era messo nel commercio, cosí chiamava il ristorante. Ma commerciare non era un vivere e aveva ceduto tutto a suo figlio.

– Ti piace Vairara?

Vairara non gli piaceva; ma gli piacevano le sue donne: una era come una rosa bianca e l'altra come una rosa scura.

– Chi è la rosa scura?

– La cameriera. Non hai visto che bruna! Come piacciono a me, con la pelle chiara.

– Te ne intendi di rose!

– Mi fanno perdere il sonno e l'anima. A una certa età sarebbe meglio farsi frate e vivere in pace.

– A chi lo dici! – constatò Leonardo. «Passa sempre fra noi e le donne qualcosa di non chiaro, – pensava, – incubi, viaggi, sogni di riposo. Si va verso la morte a tappe forzate».

Il sole era già dietro la rupe. Un balzo di nuvole accendeva tutto il cielo.

Capitolo sedicesimo

– Sono due o tre giorni che non ci si vede, – disse Carla. Un lento pomeriggio saliva dal mare. Negli alberi, di là dai vetri, la luce sostava. Il bar era vuoto.

– Ho avuto da fare nella campagna. Non si può mica vivere d'aria.

Lei lamentò che in tutto il giorno aveva visto due persone. Egli disse che in casa di Veronique non aveva trovato nessuno.

– È andata a portare suo marito a Nizza, fra poco torna.

– Corbières è partito?

– È ospite di Astra, – lei disse. E indicò la strada che andava tra i cespugli.

– Sa qualcosa della ragazza che si è rotta una gamba?

– Per ora è Astra che la tiene. Il vecchio è sparito. Sta meglio con Astra che in qualsiasi altro posto.

– Mi pare che lei sappia tutto quel che è successo.

Il pomeriggio aveva una luce inquietante, troppo netta, come dopo un acquazzone. Questione di vento.

– C'era il vento stamattina?

– Non me ne sono accorta. Se vuole bere, sono a sua disposizione.

– Adesso vorrei bere. Ma può darsi che mi fermi anche stasera.

– Qualcosa per lei c'è sempre.

– Spesso il vento si annuncia e non viene, – egli disse, – la primavera ha molte facce.

Preferiva l'autunno, il tempo distillato da ore uniformi.

– Speriamo che Veronique ritorni presto. Sarà molto contenta di vederla. Le sere qui sono burrascose. Non ci sono mai stati tanti passaggi. Ma dove va la gente? Non si riesce a capire.

– Da me c'è calma, – egli disse, – per ora c'è calma.

Carla andò via e ritornò con una bottiglia e un bicchiere.

– Prenda ancora un bicchiere, non vorrà mica che beva senza offrire.

Oltre i vetri la nuvola bianca del ciliegio si stampava contro il cielo; vi si aggirava una luce in caduta.

– Allora è con Astra la *petite enfant*? Se è con lei, è fortunata.

– Bisognerebbe che ci potesse restare. L'avessi trovata io, quando ero piccola, una donna come Astra.

– Erano brutti tempi?

Erano in cinque, lei disse, tra fratelli e sorelle. Lei era la piú grande e faceva da capro espiatorio. Non aveva voglia di aggiungere altro.

– Possibile che si venga tutti dalla strada, dalla polvere! Mai una volta che si abbia voglia di ricordare.

Mentre parlavano, qualcuno aveva poggiato una scala al ciliegio. Prima non c'era. A che poteva servire? Era quasi argentata contro il nero del tronco.

– È un po' che mi sento spiata. Ha coraggio di andare a vedere?

Leonardo andò fuori, mise una mano in tasca e tolse la sicura alla pistola, guardò tra i cespugli e gli alberi. Non c'era nessuno. Abbatté la scala, la trascinò all'orlo del terrazzo, la spinse nel dirupo. Mentre tornava, lei lo guardava dietro i vetri.

– Qualcuno se l'era messa lí per la notte, – le disse, – forse per me, forse per lei, per osservarci dal buio.

– A che scopo?

– Questo non posso saperlo. Se per me è per tirarmi. È pratica di fucili? Un ramo che si biforca può servire d'appoggio per una mira precisa.

– E se l'hanno messa per me?

– Vorranno guardarla. Ci sono uomini che perdono la testa. O può anche darsi che aspettino qualcun altro. Chi deve venire stasera?

– Che sappia, soltanto Veronique.

E Veronique arrivò prima che facesse buio. Chiese a Leonardo di accompagnarla.

– Perché non ceniamo qui?

– Scendiamo dopo.

Andarono su con la macchina per una stradetta.

– Ti piace quella donna dagli occhi color ametista?

– Mi preoccupa, – lui disse, e le spiegò quel che era successo.

Erano arrivati nel giardino. Scesero dalla macchina. Anche lí un ciliegio raccoglieva luce e dominava il mare. Veronique raccolse la gonna per passare accanto a un cespuglio.

– Sta' attento a non calpestare le viole del pensiero, – disse. Qualcuna stava a testa china, altre guardavano il cielo. – Ci sono in giro tanti maniaci, – disse ancora, – uomini avidi e sfrontati.

– Non si possono evitare?

– Non è facile. Ti raggiungono per telefono, ti fermano per la strada. L'altro giorno ha squillato il telefono, era quest'ora, una voce dura, ma che voleva sembrare dolcissima: «Vorrei suonare sul tuo corpo con le mie dita una musica velenosa e portarti lontano». Altri dicono frasi salaci. La gente sembra impazzita.

– Si permettono di pensare ad alta voce, – egli disse.

– Un tempo ognuno ruminava le sue tristezze, ora le grida.

– Tu pensi che faccia bene gridare, parlare? – lei chiese.

Si ritirò in una stanza e tornò con una veste piú chiara e piú aperta. Si intravvedeva la punta di un seno, la pelle come smaltata. Lo abbracciò. Aderiva. Esilità che diventava vigore. Verginale e insieme matura, nell'abbandono.

– Vuoi subito o vuoi piú tardi? – chiese, il volto già rovesciato. – Sarà meglio piú tardi, se no non parliamo.

Mentre preparava un tè venne notte. Il cielo si spogliava di una luce e ne assumeva un'altra, al sereno morente succedeva il sereno di luna.

– È un po' che volevo parlarti. E non riuscivo.

– Adesso te la senti?

Fuori c'era l'argento su un ulivo e sul mare, il bronzo su una quercia.

Si era sposata a vent'anni, lei diceva, e si era subito separata. Aveva avuto una figlia che era morta molto giovane.

– Come si chiamava tua figlia?

– Anne. Sono tante le donne che hanno perduto una figlia, dirai.

– Io non dico niente.

– Nella mia immaginazione te ne ho già parlato tante volte, ma cosí, saltando da un punto all'altro. Si era fidanzata con un suo coetaneo, un giovane bellissimo. Lei non era molto bella, ma aveva un'ironia seducente, una gioia venata da un presentimento. Lui si innamorò, ricambiato, di un medico trentenne. Anne rinunciò al fidanzamento, ma volle frequentarli, si fece accettare da entrambi. Uscivano spesso insieme. Anne non possedeva piú niente, si accontentava di queste blande amicizie. Si ammalò di leucemia, una leucemia a rapido decorso e esito mortale. Dall'ospedale me la riportai a casa. Quel giovane medico veniva ogni giorno a curarla. Poi l'aiutò a morire.

– In che senso?

– Prima combattevamo malattia e male, poi soltanto il male. L'abbiamo deciso insieme.

– Non so se la mia approvazione ti può servire, – egli disse.

– Ma il giorno che abbiamo preso quella decisione, siamo entrati in un'intimità da cui non potevamo piú uscire.

– Non vedo nulla di grave, – egli disse. «Passioni che si risvegliano all'improvviso, – pensava, – e altre che non vogliono morire. E la malattia? È questione di fortuna. Taluni il tempo li accarezza e altri li uccide. Meglio non pensarci, meglio guardare il suo volto nel chiaroscuro».

– Non ti ho detto tutto, – lei disse ancora. – Un mese dopo, il medico moriva.

– Suicidio?

– Non credo. Non so, mi metti il sospetto.

– Ho parlato senza riflettere. Perché non andiamo un po' fuori?

Veronique mise un soprabito sulla veste chiara. Uscirono per una piccola passeggiata. C'era buio, tra gli alberi, e un'aria di mare. La luna, immersa, listava a malapena uno scoglio. Le toccò i capelli: erano umidi e freddi.

– Perché non ti sei messa un foulard sulla testa? È meglio rientrare.

– Arriviamo almeno fino ai mirti.

Capitolo diciassettesimo

Passò di nuovo la rupe nel tardo mattino, entrò nel mondo lucente del mare; andava di nuovo da Veronique; la trovò in quell'orto di piante utili e piante di bellezza: era coricata, la testa su una manciata di fieno, aria un po' scavata e ciocche ferme come dipinte per terra, mano posata accanto al viso. Dormiva. Ma perché su quel terrazzo, su quel pietrisco? Quasi di certo per quel siliquastro in fiore sulla sponda. Il rosa, sopra un muro che franava, spaccava le cortecce, senza l'accenno di una foglia, su rami nudi. Lei si svegliò; si alzò e gli sorrise.

– Andiamo a casa, – disse, come se si fossero lasciati un attimo prima.

Salirono per scalette, senza seguire le svolte del sentiero. Il suo passo era indolente e svelto insieme. «Passo di donna ancora intrisa di sonno, – egli pensava, – passo notturno». Si vedeva un mare alto che portava a riva secche ondate di sole.

Sulla porta di casa il rampicante aveva ripreso a crescere, punte primaverili attraversavano la targa di metallo con quel nome curioso: *Contre le vent*. «Saranno tante, – egli si chiedeva, – le case come questa sulle colline in faccia al mare? Case per dispersi che credono di vivere in pace mentre i tempi cambiano. Chi non ha immaginato intese profonde con una donna che lo accompagni al di là di tutte le terre?»

– Non c'è nessuno, dentro? – domandò.

– Siamo soli.

– Sono di nuovo partiti?

Non erano neppure tornati, lei disse. Avevano telefonato nel cuore della notte per avvertirla che restavano a Marsiglia. La riunione era durata piú del previsto. Domandò a Leonardo se lui non apparteneva a nessun partito. Non era la prima volta che glielo chiedeva.

– Nessun partito, chiesa o setta.

– Loro fanno parte dei *Libres Penseurs*.

Allora egli disse qualcosa che veniva dal fondo della memoria: – «Liberté couleur d'homme» –. Poi aggiunse che si sarebbe volentieri annidato fra quel gruppo. Ne aveva sentito parlare quando era ragazzo.

– Non è difficile entrare, basta che ti presentino Alain e Corbières. Stasera tornano, ne parlerete. Ora ti faccio un caffè. Hai già mangiato qualcosa? Cosí, di mattina, non sei mai venuto.

– Di solito, lavoro, – egli disse.

Mentre prendevano il caffè lui pensava alla musica della fine del tempo. (Aveva notato, passando nella sala, la pila dei dischi). «Vorrei riudirla, – si mormorava, – ma non oso domandarla». E cercò fuori. C'era sulle rocce una striscia piú dolce che sul mare. Liturgia di un giorno che si accorava.

– Passiamo di là? – lei propose.

Di là, nella stanzetta, tirò la tenda della finestra, si spogliò e si buttò sul letto. Soltanto i piedi erano al sole. Cominciava da quei piedi il morbido viaggio nell'ombra.

Dopo, lei disse che lo aveva sentito. E poi disse ancora: – Hai mai visto qualcuno completamente distrutto?

– Completamente, mai, – egli fece. Non sapeva dove lei volesse andare a parare. – Ci sono sempre delle risorse.

– Eppure io lo sono stata. Dal fondo della distruzione è nata l'intesa con Alain. Credo che sia un amore immortale. Posso permettermi qualsiasi cosa.

Egli non disse niente. La guardò mentre si vestiva, mano a mano che spariva.

«Una donna quando si riveste, – pensava, – ha qualcosa di superbo. Si coprisse anche di stracci, chi non ne sente la privazione?»

Uscirono. Salirono per terrazze ripristinate, poi per altre ancora incolte. Spuntavano rose di pochi petali, ma di un tale colore variegato che sembravano iris. Qualcuna strisciava sulla roccia. – Sono le Venute, – egli disse. Come coltivazione e mercato erano sparite già prima della guerra, insieme alle Safrane. – Solo i vecchi, quand'ero ragazzo, ne parlavano ancora.

Sopra le querce di Astra l'aria era punteggiata di riflessi: una luce che saliva dal basso.

– Come starà quella ragazza? – lei disse.

– Meglio di prima senz'altro... Se potesse raccontare!

– Che lingua parlano i curdi?

Neanche lui lo sapeva.

– È lí ingessata e nessuno viene a prenderla.

– Verranno, – egli disse. Poi aggiunse: – C'è in Astra una grande dolcezza.

Veronique restò perplessa. – È molto sensuale, – disse, – e non ha avuto figli.

– Cosí sensuale e senza figli dev'essere molto voluttuosa.

– Penso che ti sbagli. La voluttà nasce da lunghi travagli: è il lusso delle madri.

– Credevo ci fosse antagonismo fra le due cose.

– Tutt'al contrario. E poi in lei si sono aperte altre strade. Si è distaccata dagli uomini.

Una macchina saliva per le curve della collina. Era già ai ginepri.

– Tornano. Fra poco non saremo piú soli.

Alain e Corbières lasciarono la macchina sulla piazzola inghiaiata, sotto il pino. Salirono e sedettero accanto alla porta. Alain chiese a Veronique se aveva riposato. Lei non rispose.

– Ho capito, ti sono mancato, – egli disse: e stese il braccio per una lunga carezza. Sopra il capo della donna uno sciame di farfalle andava controvento. Il mare era tutto luce.

– Com'è Marsiglia? – chiese Leonardo.

– Marsiglia è sempre Marsiglia, il mare entra.

– Com'è la città, sta cambiando?

– Si sta meglio qui, su questa altura.

Veronique si alzò e fece segno a Leonardo di seguirla.

– Andiamo dentro a prendere da bere –. E quando furono soli gli consigliò di non fare domande, di aspettare che fossero loro a parlargli. O piuttosto avrebbe avviato lei il discorso, dopo pranzo.

– D'accordo. Non avrei certo chiesto della loro associazione.

Tornarono fuori, portando bicchieri e vino bianco. Erano al riparo, ma piú in là i corbezzoli stormivano e dal basso saliva il suono quasi martellante delle querce.

– Vede, – disse Corbières, – Marsiglia decade. Non è piú la capitale d'oltremare. Potremmo brindare al suo passato, alla fine di un mondo. Ormai è solo un porto di petroliere.

– Brindiamo ai suoi scogli, alle sue rocce bianche, ai suoi castelli sulle onde.

– Allora lei la conosce.

– Gli argelesi ci sono sempre andati a lavorare.

– Quando?

– Da sempre, come le dicevo. Gli ulivi caricano ogni due anni. E quando non c'erano frutti gli argelesi partivano. A Marsiglia aveva la sua bottega un calzolaio di Argela che sapeva il francese; lo sapeva anche scrivere e faceva le domande per entrare a lavorare sul porto. Ad Argela, nelle cantine, se ne parlava come di una specie di console. Non ricordo il suo nome, un tempo lo sapevo.

Ora sulla costa di Francia si ammassavano nubi contornate di sole; il mare, richiamato da quelle nubi, perde-

va l'incandescenza e si caricava di freschezza; sul suo azzurro passava qualche ombra.

– Per questo ad Argela siamo stati accolti cosí bene.

– Si usciva da una dittatura e da una guerra.

– Ormai guerre non ce ne saranno piú, – disse Corbières, – almeno in Europa. Germania e Francia sono uni-
te. È sul Mediterraneo che occorre vigilare, tenere a bada
le forze periferiche.

– Sono tipi che passano e vanno.

– Noi non sappiamo chi c'è fra questi tipi. Ci sono anche dei comandi che entrano in Francia per colpire, gruppi decisi e carichi d'odio.

– Dobbiamo ripagarli della stessa moneta? – Alain chiese. – Non ci riesco, – aggiunse.

– E fai bene. L'odio che non dimentica cade goccia a
goccia sul cuore e lo rende simile a un deserto... È un pro-
verbio dell'Islam.

Veronique si era alzata in piedi e chiedeva di andare
dentro.

– Io vado a casa, – disse Leonardo. – Si prepara una di
quelle bufere di primavera che durano due giorni.

– Quelle nubi?

– Quel fronte nuvoloso e queste farfalle che passano a
sciami.

– Se resta ci fa piacere, – Corbières disse.

Egli accettò di restare. Ormai il cielo si chiudeva, si vedeva un po' d'azzurro solo nei crepacci tra le nuvole, colore abissale.

Corbières parlava e parlava. Si era alzato in piedi e gesticolava. Era preso dalla foga. Le civiltà mortali. Ma potevano morire di morte naturale, diceva, o di morte violenta. – Lei quale sceglierebbe? – finí per chiedere.

– Non saprei... quella che fa meno soffrire.

– Anche lei è vittima di edonismo e sensi di colpa. È
ora di finirla.

In quel momento si vide Mire che arrancava sotto il

giardino. Saliva dal bar, saliva a piedi. Arrivò trafelato.

– Adesso passano anche di giorno, passano a gruppi, non c'è piú ritegno.

– Per ora non sono pericolosi, – disse Corbières con calma, – non ci sono segnalazioni –. Dava l'impressione di avere in mente qualcosa che non diceva.

– Piove come Dio la manda.

– Lascia piovere, Mire, – disse Leonardo. – L'acqua fa sempre bene.

– Fa bene anche al mio giardino? – chiese Veronique.

– Toglie alla terra il morso del freddo, l'invernata.

Nel cielo non c'erano piú spiragli e sul mare slittava una nuvola bianca. Sulla pendice i ruscelli approfondivano i solchi. I pini avevano le ali basse.

– Siamo arrivati in tempo, – disse Corbières. – Questa è una vera burrasca. Pioverà anche a Marsiglia?

– Da almeno un'ora. Le piogge forti qui vengono dall'Atlantico, entrano da Gibilterra e piú sovente dal golfo di Guascogna.

– Durano molto?

– In primavera vanno a strappi, – disse Leonardo. «Non credo a una parola – pensava – di ciò che avete detto, non credo che siate stati a Marsiglia». Pensava che si erano incontrati con qualcuno, ma lí intorno, forse appena passato il confine e che il Libero Pensiero non c'entrava. Che Corbières avesse liberato Argela doveva essere vero. Ne aveva spesso sentito parlare, di un *sous-lieutenant* arrivato in testa a una colonna di senegalesi. Ma che adesso fosse tornato per rivedere Argela gli pareva strano. Argela, quattro case, due cantine, due stalle, non meritava una visita. Bastava un colpo d'occhio da lontano, da molto lontano.

Adesso Mire si lamentava che l'acqua faceva franare.

– Frana dove di dovere: dove hanno disboscato, dove

hanno bruciato, dove hanno fatto di tre terrazze una. Cosa potrò mostrare a questo ufficiale francese quando vorrà venire a vedere?

– Certo che c'è piú ben poco, – ammise Mire.

– Verrò domani, – disse Corbières, – o appena smette di piovere.

– Se non scendono massi.

– Anche se scendono massi passo lo stesso.

– Cosa vi do? – chiese Veronique. – Un po' di frutta? – Nessuno ne voleva. – Non avete mangiato quasi niente.

– In compenso abbiamo bevuto, – disse Leonardo. – Cos'era?

– Bordeaux.

– Grazie!

«Devo stare attento, – pensava, – ho sempre lo stesso vizio: gettarmi sul passato, il tempo che risorge, un ricordo che entra nel chiarore». Adesso entrava lei, con la sua musica della fine del mondo. «Mi devo fermare lí, non andar oltre. In un attimo sono all'infanzia, e un passo dall'altra parte e sono alla morte. Mi devo aggrappare a lei, alle sue mani, alle sue gambe, alle sue lunghe occhiate». Pioveva forte e sentiva suonare quella musica. Ma la musica era sereno, doloroso sereno.

– Dovrò contraccambiare, – disse, – non vedo l'ora di farlo.

– Adesso sta' tranquillo. La vita non finisce domani.

– Chi lo dice!

– Adesso hai bisogno di riposare, il vino ha fatto uscire la stanchezza. Vedi, Corbières si sta già addormentando e Alain sonnecchia.

– Loro non hanno dormito, stanotte.

– E tu hai dormito?

Egli non rispose. Aggiunse solo che Corbières almeno aveva sempre onorevolmente combattuto. Corbières aveva sentito. – Non è valso a niente, – disse, – ma non me ne pento.

Ci fu un momento in cui si aprí, intessuta ancora di nu-
vole, una crepa dorata. Poi la crepa si allargò e divenne celeste. Di una grande tenerezza sopra la rupe.
– Io vado. Per mezz'ora non piove.
Corbières si offrí di accompagnarlo con la macchina.
– La ringrazio. Tutto quel giro per cosí poca strada:
scendere al mare, prendere per la valle e poi risalire.
– Quando arriva ci telefoni.
– Non ho telefono. Ma se esco, se il tempo lo permette, posso chiamarvi dall'osteria di Argela.
Le strade erano lavate, con le loro pietre. Lí non c'erano pozzanghere. Ce n'erano piú avanti, nelle crete, ma bastava passare sugli orli. «Sta' attento a non scivolare, con
questa gamba menomata». Alcune crete formavano mon-
ticelli inzuppati e grigi. «Come risaltano i cespugli senza
il bianco che li acceca, senza l'azzurro che li corrode». Ora
la rupe era decapitata da una nuvola. Un falco vi girava
senza meta, spariva e riappariva. Gli ulivi. Sempre quel
senso di protezione. Fermezza protettiva dei tronchi ba-
gnati. Un brivido solo nelle cime, dove l'argento cozza nel
bianco delle nuvole.
In casa accese la stufa, mise le scarpe ad asciugare. Fuori era ripreso a diluviare. L'alloro era nero, il ruscello scro-
sciava. Precipitava verso il torrente che serpeggiava li-
maccioso tra rocce e canneti. Sulle terrazze gli anemoni
erano chini.
«Se si sfoga, schiarisce, – pensava, – e se schiarisce,
esco prima che cominci l'assedio dei ricordi». All'improvviso un tramonto luminoso apparve tra le nubi, il cielo stanco si mise a gocciolare lentamente. Sul mare doveva essere uscito il vento.

– Che sei venuto a fare con questo tempo? – gli dissero in paese.

Un altro gli domandò se l'acqua era straripata sul sentiero che passava sotto la croce.

– Al ruscello non ho nemmeno fatto caso.

– L'acqua non ha invaso il campo di rose?

– Onestamente non ti so dire.

Era tutta gente di una certa età, con grande voglia di
bere piú che di giocare a carte. Il tempo passato a lavorare ne segnava i volti. Un cane da caccia tutto bagnato passava da uno all'altro e nessuno gli dava niente. Era un'o-
steria con pretese: con specchio e fiori finti, vaghi garofa-
ni di carta.

– Non si è mai visto piovere cosí tanto, non si vedeva
a un passo.

– Per i nostri sentieri non c'è bisogno di vedere, si va
a tastoni, sono tutti muri.

Leonardo andò a telefonare (il telefono a gettoni era
sotto una volpe imbalsamata) per rassicurare Veronique e
i suoi compagni. Anche loro stavano bene: avevano visto
il vento spazzare il mare e adesso il mare dava colpi d'a-
riete. Tornò pensando ch'era bello che ci fosse chi lo pensava.

– È venuta la mareggiata, – disse.

– Lascia che venga, fin qui non arriva.

– Distrugge le spiagge, – un altro disse.

Allora, quello di prima:

– Noi non siamo mai andati a prenderne possesso, a costruire sull'arenile.

Intervenne ancora un altro per dire che il mare faceva
il suo dovere e si riprendeva le sue terre.

– Certo che quando il mare leva la sua testa... – disse
Leonardo. Indugiò, si perse un poco: – Una volta era qualcuno, marinai e pescatori lo rispettavano.

Poi pensò, ma non lo disse, che a furia di essere dolce
il Mediterraneo si lasciava massacrare. «Dolce azzurro lontano!»

Il cane, rassegnato, continuava a passare da uno all'altro.

Ogni tanto una mano nodosa gli allungava una carezza. Fuori i tetti sgocciolavano, la campana suonava il «bene».
– Nessuno scalda qua dentro? – uno disse.

– Ditemi un po': vi ricordate della venuta dei soldati francesi?
– Quando?
– Nell'aprile del '45.
– Certo che mi ricordo. Era di pomeriggio, non arrivavano mai. Son dovuti andarli a chiamare, sono partiti con una barca.
– Li aveva già chiamati un aereo in avaria che era atterrato nel greto del Roia.
– Non sottilizziamo, – disse Leonardo.
– Ma che vuoi sapere?
– Se avete conosciuto l'ufficiale che guidava le truppe che sono salite ad Argela.
– Era giovane. Guidava i senegalesi che andavano in fila indiana.
– Avevano un passo dondolante, zaino sulla testa.
– E voi che facevate?
– Si rideva. Aspettate, disse l'ufficiale, domani sí che riderete. E organizzò dei giochi.
– Puerili.
– Corse in bicicletta. Vinse il senegalese che tagliò le curve, salendo per i muri con la bicicletta in spalla. Visto che si era in democrazia fummo noi a decidere di non squalificarlo.
– L'ufficiale era indeciso.
– Aveva altre gatte da pelare. Proteggeva tutti, arrestava i facinorosi. Distribuiva zucchero, caffè, farina bianca. Faceva la corte alle ragazze.
– Un amore? – chiese Leonardo.
– Piú di uno. Ma perché ci porti cosí indietro nel tempo? Non è ora di finirla con queste storie del passato?

– Certo, avete ragione, scusate.

– Chi comandava in fondo non era lui, ma «l'abbé Pon-trémoli».

– Mi pare strano che fosse un prete. Girava con una bel-la donna e fumava come un turco. Malgrado il sottanone, camminava con un'agilità che era difficile stargli dietro.

Leonardo ascoltava. «Mi dite cose – pensava – che ormai non servono piú e che mi mettono fuori strada».

– Che posso offrire? – domandò.

– Entrano i malfatti.

Erano in tre, un ladro, un incendiario, un vischiatore. Il vischiatore era anche cacciatore di frodo (tassi, cinghiali e colombi domestici) e sparava bene.

– Ormai sono innocui: sono vecchi.

– Non credere! Sono vecchi e grami. In altri posti, in altri paesi li avrebbero già levati di mezzo. Spesso, di not-te, girano armati.

– Ormai è poca la strada che gli rimane.

– Una cartuccia da pochi soldi la meriterebbero.

Entrò una donna con una tazza in mano, la posò sul banco.

– Vorrei un po' di latte, – disse. – La capra ha fatto, ma non ha latte, e la bottega è chiusa.

– Secca il latte anche alle capre.

Lei si voltò.

– È sempre stata un po' malata.

C'erano dei tavolini all'esterno, sulla piazza. Un uomo asciugò una sedia e vi sedette. Tamburellava con le dita. Si rivolse ai tre esemplari dell'interno: – Sono uscite le stelle –. La donna partí, reggendo la tazza con le due ma-ni, e chiuse la porta con la spalla.

Pensò che quella donna che usciva col latte poteva es-sere l'ultima immagine. Poi si corresse: «Non è mai l'ultima finché si è in vita. Chissà dove finirà il viaggio!» Andava per il paese. I vicoli erano protetti, senza vento, ma in certi punti groppi d'aria battevano in faccia.

– Allora, dove te ne vai?

Voce conosciuta e alta figura erosa dal buio nel vano della porta.

– Sei tu, Medoro? Proprio te cercavo.

– Hai bisogno di me nella tua campagna?

– Ci sono due ulivi da potare: quelli che abbiamo lasciato dieci anni fa, ti ricordi?

– Ricordo benissimo, si era messo a piovere. Era una primavera come questa. Vengo domattina.

– Ho lasciato adesso l'osteria. Vuoi che ci torniamo?

– Sali da me. Vado un po' avanti, ti accendo la luce.

Ce n'era una sola, al quarto piano. Gli altri erano disabitati. Bevettero un liquore fatto da Medoro con un'erba di montagna.

– Mi pare buono.

– Vuoi che accenda il fuoco?

– Non ce n'è bisogno. Da me fa piú freddo.

– È piú esposto.

In un angolo, il focolare, legna tagliata grossa e legna minuta.

– È noce?

– È quercia.

– So che avevi dei noci laggiú nel torrente, vicino al frantoio.

– I noci li aveva già tagliati mio padre. Ne ha fatto questi mobili.

Tavolo e credenza erano massicci, da durare in eterno. Sul tavolo, un pastrano pieno di tasche, di un colore tra l'oro e il nero.

– Su una gamba sola ci si regge male, beviamo ancora un colpo.

– Non credere, sembra leggero; ma ti tradisce.

– È roba di pregio.

Medoro, volto dolente e sorriso dolcissimo, versò di
nuovo il suo intruglio di montagna.
- Alla tua vita.
- Alla tua.
- Che ferri mi porto, domani.
- Niente. Ho tutto.

Uscí dal paese tenendo il berretto che le folate tenta-
vano di portar via. Andava controvento e, testa rovesciata, guardava i due Carri stampati nel nero. Poi scrutava lo
sterrato e ascoltava. Era avvantaggiato: erano gli altri sot-
tovento, eventualmente, stasera: non lo potevano sentire.
Si avvicinava alla sua campagna. Mandavano un fruscío secco, da piante asciutte, i cespugli di rose e spini. Si
avvicinava con cautela. Gli ulivi, che il cielo stellava, sembravano ancora immersi nella notte della loro origine.
«Notte santa! Da quanti secoli viaggiate?» Colse il passo
di un cinghiale. «Se ci sei tu, col tuo udito fine, col tuo
fiuto che avverte la mano se il laccio non è stato strofina-
to col rosmarino, non c'è nessuno. Si può andare tran-
quilli».
Era ormai sotto stelle posate sui rami, sepolto dalle
fronde. «Vedi come si vive! - disse a un tronco. - È mai
possibile continuare? Beato il tuo sonno, padre del sogno».

Al mattino negli ulivi l'argento salpava.
- È rischioso salire: si muovono troppo.
- Uno lo aggiusto, - disse Medoro, - lo faccio a quel
modo.
Farlo a quel modo voleva dire a regola d'arte.
- Colpi obliqui, mi raccomando, e che non rimanga la
piaga.
- Sugli ulivi ci sono nato.
Medoro salí. Sui rami ci volava. Scendevano fronde e

rami secchi, che Leonardo ammucchiava. Scese dopo un paio d'ore.

– Che te ne pare?

Non si capiva dove finiva, non si vedevano piú le cime, tutto scendeva. – Sembra ridotto a una miseria, – gli scappò detto.

– Un ulivo deve essere cosí, deve sembrare che implori –. In effetti sembrava in adorazione del cielo. – Vedrai, fra qualche giorno ti ci affezioni.

– Adesso facciamo colazione.

– Prima prendiamo un po' d'erba secca, che bru̇cio le fronde. Ho portato un'aringa, la scaldiamo al fuoco. È meglio bruciare prima che si formino le carie.

– L'avrei fatto io domani.

Medoro attutiva il fuoco con un ramo, mangiava in piedi. Ogni tanto levava lo sguardo verso l'ulivo. Disse che alberi non ne aveva, ma possedeva ancora il frantoio nel torrente, frantoio in pietra, ancora intatto; solo la ruota era piena di muschio e la gora, franato l'alveo, ridotta a un rigagnolo.

– Perché non lo riapri?

– Pensi che gli ulivi si riprendano?

– Lo spero.

– C'è stato un momento che sembrava finita. Sono stato un anno col frantoio pronto ad aspettare. A fine stagione ho saputo che in Belgio si poteva lavorare in miniera.

– Ti sei fatto strada?

– Che vuoi che ti dica! Se sono tornato... Guarda! Viene nuvolo.

Erano nuvole che avevano una bella spinta. Sulla pendice della collina viaggiava l'ombra di una barca d'avorio.

Capitolo diciottesimo

Il sereno sopra Vairara era in sfacelo, si diramavano nuvole in ogni direzione. Ma in basso non c'era confusione: un ponente allegro tempestava il mare come un campo di anemoni. Le onde andavano tutte per il loro verso, mentre gli alberi sulle alture erano scossi in vari modi e il siliquastro perdeva i fiori, che si mettevano a vorticare insieme a petali di ciliegio.

– Che cosa mai possiamo fare, – diceva Veronique, – con un tempo come questo? Il sole brucia e se passa una nuvola scende il gelo. C'è da rimpiangere l'inverno. Ricordi quante giornate limpide?

– Una lunga fila, un tempo eterno.

– Splendeva tutto.

– Da me veniva notte presto.

– Venivi qui sovente.

– Ho trascurato tutto e mi prende il rimorso, – egli disse.

– Venivi e guardavi i tramonti.

– Ero illuso ed ero preso dall'inquietudine. Credevo di scoprire qualcosa.

– Pensi ancora a chi ti ha sparato. È ora di finirla.

– Sí, è ora, – egli disse. «E neanche di te saprò mai niente», pensava.

Un soffio impetuoso riempí la campagna, lei si strinse dentro la sua veste.

– Qui non si può stare. Loro sono giú al bar, vuoi che li raggiungiamo?

Al bar andava un disco ad alto volume. Carla ballava.
– Che fai, balli da sola?
Abbassò il volume e continuò a pestare i piedi e a scuotere il capo. «Una volta la musica era fatta per scivolare, non per martellare il suolo», egli pensava. Veronique afferrò la mano che Carla le porgeva e la fece sedere.
– Se cerchi Alain e Corbières, sono andati via.
– Senza macchina, non saranno lontani.
– Credo che siano da Astra.
– Il curdo è tornato? È lí? – chiese Leonardo.
– C'è ancora il curdo e c'è ancora la ragazzina, la situazione non è cambiata. Lui continua a fare i suoi giri oltre confine. Se trova uno della banda che lo ha aggredito lo uccide, ha un coltello in tasca.
– Dove lo ha preso?
– L'ha rubato ad Astra e non vuole posarlo. È un grosso coltello da cucina.
– Siamo belli, – disse Leonardo, – giriamo tutti armati.
– Anche tu? – chiese Veronique.
– Non in questo momento. Ma spesso di notte ho paura per la strada, con un'arma mi sento piú sicuro.
Aveva lasciato la rivoltella all'asciutto, dietro un masso, in fondo al giardino di Veronique, rivoltella e cartucce. In casa d'altri non era bene entrare armati.
– Li raggiungiamo? – lei disse.
– Per me è lo stesso.
– Torniamo a casa. Verranno.
Salirono per il sentiero che costeggiava le terrazze che se ne andavano strette coi loro arbusti. A lui sembrò di vederle col grano di un tempo, corto grano di giugno curvo nel vento e con altrettanta fame di chi lo aveva seminato. Veniva sera, il mare si disperdeva nel cielo.
In casa lei guardò alla finestra se saliva qualcuno.
– Se mi vedi tremare non ci badare, la sera mi fa sempre un po' paura.

Si era fatta pallida, ma non soltanto di paura.

– Vorrei spogliarti, – le disse.

– Aspetta, lo faccio io, tu controlla la strada.

Da un mare sontuoso, un naufragio di ori, cadeva un riflesso sulle sue spalle. Si avvicinò anche lei alla finestra e muta e rigida si lasciò possedere. Si rivestí alla svelta, neppure il tempo di lasciargli sentire la nostalgia del corpo che spariva. Rapido anche il gesto con cui si aggiustava nell'incavo del seno la collana di perle.

– Perché cosí tardi? – lei chiese.

– Non è mica tardi.

– Siete stati da Astra?

Alain disse che avevano fatto un giro sulla costa. La mareggiata era salita sulla strada, un albero galleggiava tra i marosi. Si diceva che nel levante un fiume aveva portato in mare un cimitero.

– L'acqua va in giú e il mare forza, – disse Leonardo.

Corbières lo guardò:

– Tutto va per il suo verso, solo la storia si muove per impulsi cosí disordinati da parere stanchi. Di chiaro c'è solo una cosa: libertà e schiavitú si alternano.

Leonardo ogni tanto guardava fuori; gli occhi tardavano ad ammettere il buio: sul mare, dov'era morto il sole, si raccoglieva ancora un po' di crepuscolo. O era illusione? L'Esterel dal lungo profilo si stellava sopra quel punto.

– Ormai è notte, devo andare.

– Domani vengo a vedere il suo paese, se non piove.

– Potrei spiegarle la strada; ma mi aspetti qui, verrò a prenderla se non piove.

– Crede che mi sbagli? Ho la carta militare, ci sono persino i sentieri.

– I sentieri si sono persi e ci sono dei punti scivolosi.

– Stia attento lei, di questi tempi in cui la gente va randagia e si scanna.

Capitolo diciannovesimo

– Stia attento a quel passaggio, gli scalini sono consumati.

Erano scalini incisi nella roccia del balzo, formavano una viva scaletta, qualcuno era naturale, altri allargati con lo scalpello.

– Lei passa anche di notte?

– Mi ci muovo come in un salotto.

Si erano lasciati alle spalle le crete bianche che ogni anno cambiavano mantello, secondo il lavoro dell'acqua. Qualcuna aveva in cima un lentisco o un pino storto. Dopo gli scalini, la strada scendeva per una ripa di ginestre spinose e raggiungeva il bosco. Ora la rupe incombeva un po' meno con l'alto orlo sporgente. Era come una cima che fosse stata smozzata.

– Lassú cosa c'è?

– Una chiesetta. È della fine del Settecento. L'ha fatta costruire un prete venuto di Francia, un eremita. Dietro c'è la sua cella senza finestre.

– Allora c'è una strada.

– C'era un piccolo sentiero, che in parte utilizzava una cengia. Vede quei lecci, quei cespugli? Adesso il sentiero che vi si arrampica è coperto dai cisti.

– Dalla parte del mare non ci sono passaggi?

– Sono pareti a picco. L'unica strada partiva da questo bosco.

– Sono sue queste querce?

– A catasto. In realtà sono di tutti. Vengono a funghi,

a caccia e se non sto attento a Natale tagliano i ginepri. Se
non le difendessi taglierebbero anche le querce.

Passarono un ruscello, entrarono nella vigna. Parlarono di quel prete ch'era rientrato in Francia, dopo un po'
di tempo.

– Sa mica in che anno?

– Io le dico cosa raccontano.

– Sarà rientrato con la Restaurazione.

Era quasi mezzogiorno. A poco a poco la luce, deposi-
tata in vari strati, imprigionava gli ulivi, la casa, la palma,
la roverella. Il mare ormai era lontano, ma la terra, dopo
la strettoia della rupe, formava come un golfo di una dolcezza che dava lo sgomento ad ogni fremito che veniva a
scomporlo. Era un luogo di passaggi d'aria, marina e mon-
tana.

– La sua campagna l'ho vista, ora andiamo ad Argela.

– Due minuti, oltrepassiamo gli ulivi e la vediamo.

I minuti si allungarono. Poi finalmente apparve in una
échancrure: contrada intorno a un campanile, come sospe-
sa in un vuoto attraversato da piccole lame.

– È piú scoscesa che nel mio ricordo.

– Dipende dai giorni.

– Non da dove si viene?

– Già! Allora lei veniva dalla guerra.

Corbières prese Leonardo per un braccio: – Era il primo giorno di pace –. E sembrava preoccupato invece di
sorridere. – Suonavano tutte le campane. Quante campane avete?

– Cinque: tre della chiesa, una dell'oratorio e un'altra
di una cappella sul poggio dell'Addolorata, di un mesto
suono lontano.

E nulla di ciò che Corbières vedeva sembrava dargli la
minima soddisfazione: né i vicoli, né le scale, né la chiesa,
né l'altare. Si fermò soltanto, con una certa commozione,

a guardare un lentisco, che in cima a un muro diroccato si prendeva la sua ora di sole. Piú lontano, dove il costone girava, un vecchio ulivo era già nell'ombra. – Cosa c'è lassú? – chiese passando ai piedi della rampa di rose.

– Il cimitero.

– Ci sono i suoi?

– Mia madre.

– Ho capito da come guardava... E suo padre?

– È restato in Russia.

Era un poggio di terra compatta, cosí pietrosa che le fosse bisognava scavarle col picco. Non per niente l'avevano riservata a chi si accontentava di poco.

– E adesso cosa ci resta da guardare?

– La metropoli è visitata.

– Ma dov'è la gente? Un tempo il paese formicolava.

– Si sbaglia, – disse Leonardo. Ma pensava: «No, non si sbaglia. C'era gente anche nelle stalle: profughi dalla costa cannoneggiata dagli incrociatori. Stavano come in un nido nel paese appeso alla roccia». Ma non gli dava la soddisfazione di dirglielo, di farglielo sapere. «Tanto piú che prima o poi mi dirà che cosa cerca veramente... Ma cosa vuole di piú, in fondo. Siamo passati nelle ore in cui tutti sono dispersi nei campi e abbiamo incontrato tre vecchi, anzi quattro».

– Se vuole incontrare qualcuno, – disse poi pentito, – dobbiamo andare all'osteria piú tardi, troveremo qualche esemplare.

– Lei ci tiene?

– Io no, li vedo sempre.

– Che senso di vuoto.

– Capisco. Le è franato un ricordo sotto i piedi.

– Ho l'impressione che lei si diverta, ma non è mica allegro. E dire che questo paese l'avevamo chiamato Argèle-Les-Rosiers.

– La ringrazio ancora per quel nome.

– Non fu difficile: era pieno di rose in fiore.

– Mi dispiace che impallidisca il ricordo delle rose. Ma impallidire è il destino dei ricordi. Ora le rimarrà quello del raggio d'oro nel lentisco.

– Già! Quel muro, quel lentisco...

«Ora mi dice qualcosa». Invece l'ufficiale non disse niente. «È come me, è abituato a non dire le cose fino in fondo». E quasi per provocarlo:

– In questo mondo frana tutto.

– Tutto cosa?

– In ogni luogo... Dov'è la Francia coi suoi alti vessilli di libertà, di giustizia, dov'è la Legione con la sua gloria? Tutto va come va, nessuno parla piú, nessuno dice piú niente.

– Scommetto che lei è stato tentato di arruolarsi.

– E chi non lo è stato. Ma l'ultimo di qui era un omicida.

– Ora con quei reati lí non è piú possibile... Andiamo via da queste stradette che hanno il lutto.

La rupe di Beragna si oscurava nella porpora, negli ulivi cadevano le ombre.

– Bisognerebbe affrettarsi, se passiamo di là c'è ancora molta luce. Ma vada pure piano: a casa prendo la macchina e la porto.

– Se la sente di guidare?

– Certo che me la sento.

Non disse che preferiva andare a piedi anche se si sentiva nelle ossa il tempo di un paese stanco, specie quando il sole non mandava il suo messaggio. Mano a mano che si avvicinavano alla rupe, se ne vedevano gli orli levigati, le sporgenze. Negli ulivi spariva anche il viola delle ombre, l'oscurità sommergeva i tronchi. Era l'ora in cui la civetta volava sulle cime e cantava, dorava il cielo di linee e punti.

– Certo che da lassú dev'essere uno spettacolo.

– Il sole che se ne va fa lavori di cristallo, specie in inverno che cade al largo.

– Ci andiamo uno di questi giorni?

– Salire è un po' dura, – disse Leonardo; e aggiunse che non era tanto alta, piuttosto tozza e in cima aveva un bel pianoro che dominava voragini d'azzurro.

– Non c'è vegetazione?

– Rosmarini, qualche leccio, una ginestra. Non immagini lecci enormi, ma a cespuglio.

– E la chiesetta?

– È senza porta e in estate dalle finestre s'infilano i rondoni.

Leonardo tirò fuori la macchina da sotto la tettoia. Guidò lentamente per la sterrata, fino ad Argela, poi per la discesa tutta curve. La collina di fronte era lunga e nera sotto le stelle.

– Riconosce la strada?

– Fatico un po', ma la riconosco.

– Lei era uno strano ufficiale: appena arrivato ha ricoperto di doni il paese.

Corbières si mise a ridere:

– Era l'ordine, facevo parte di un esercito che voleva sedurre.

– Operazione riuscita. Complimenti.

– Eravate deboli, con sensi di colpa. C'era l'ordine di coprire le pene della guerra.

– Adesso il mondo fa di nuovo pena?

– È una domanda? Non le so rispondere.

Si trovavano sul fondovalle, fra due colline che verso il mare si avvicinavano fino quasi a toccarsi. Due antichissime frane avevano lasciato in piedi solo lo scheletro roccioso.

– Se vuole andare in un caffè, prendo a sinistra.

– Chi ci troviamo?

– Rammolliti che posano.

– Allora andiamo a casa.

Incrociando l'Aurelia prese a destra, verso la Francia, tra palazzi di fresca data. Non un albero, dopo che avevano fatto seccare la grande magnolia. Curvarono verso l'interno tra case messe di sghimbescio, s'inerpicarono: la strada era cementata e con tagli senza i quali le ruote avrebbero slittato.

– Hanno cercato di costruire sui bordi, ma la roccia è cava e non teneva. Un giorno o l'altro cede anche la strada.

– Come si arrivava su un tempo?

– Per una mulattiera che ogni tanto mutava.

Adesso la strada andava, manto di sassi e in salita leggera, tra massi e piccoli campi. Un campo di alcune decine di metri era detto «il campo lungo». Sabbia e pietrisco. Non vi cresceva né vite né ulivo, solo erba che amava il secco e che sibilava, battuta dalla luce del mare dal mattino alla sera. Poi comparve nei fari Vairara vecchia, casupole, ovili e infine Vairara nuova, Case a occidente.

– Al bar c'è ancora la luce. Vuole che ci fermiamo?

– C'è la luce anche lassú, a *Contre le vent*.

Un nome che a Leonardo suonava senza calore.

– Chi l'avrà cercato?

– Cosa?

– Quel nome.

– Sarà stato Alain o l'architetto. Dà l'idea di un rifugio.

– Nemmeno per sogno.

– Prima, che cosa c'era?

– Un ovile, con una casetta.

– C'era un pastore?

– D'inverno.

– E ha venduto?

– Sono quindici o vent'anni che è morto, assassinato sull'alpeggio. Portava con sé nella bisaccia tutti i suoi ri-

sparmi: delle banche non si fidava. Hanno ucciso a basto-
nate anche il suo cane.

– Li hanno scoperti gli assassini?

– Che vuole che trovino. Ottanta per cento di delitti
impuniti.

Entrarono nel bar. C'era una banda di giovani, dello
stesso genere di quelli che avevano evitato scartando il bar
della costa.

– Oggi è venerdí o sabato?

– È venerdí.

– Il venerdí e il sabato non ci si salva: sono tutti fuori,
nei bar, oppure scorrazzano con le macchine sulle passeggiate.

Non si capiva se Carla fosse seccata o contenta di quel-
l'orda. «Non si riesce mai a scrutare nulla in quel volto nuvoloso». Stasera girava tra i tavoli con uno strano abito:
chiuso al collo, ma che appena sopra il seno era scollato a
triangolo.

– Ehi, Africa!

Apostrofavano un negro appena entrato.

– Ci toccherà difenderlo, – disse Corbières.

Ma erano solo scherzosi: forse apparteneva alla banda,
non era un fuggiasco.

– Stare qui ci deprime, caro Corbières, è meglio andare.

Troppi giovani insieme apportavano un senso di disperazione. Chissà perché! Trionfo animalesco del numero. O forse per quell'aria tronfia e vuota, da usurpatori.
Ma usurpatori di che? Avevano l'aria di volere un mondo
che non valeva piú la pena di essere conteso.

– Avete fatto tardi, ben tardi, – disse Veronique.

Per la porta aperta entrava dal buio odore di pitosfori.

– È vero, abbiamo perso tempo, – disse Leonardo.

– Per me non è stato tempo sprecato, – disse Corbières.

– Che cosa c'era ad Argela, – lei chiese: – il paradiso e il mare?

Il suo viso splendeva, come al solito. Nei suoi occhi appariva qualche ombra. C'era solo da tacere o chiedere scusa.

– Quando è venuta notte e vi pensavo su quei sentieri... – lei disse ancora.

Doveva aver sofferto, nonostante la secchezza del cuore. C'era malinconia nella sua voce.

– Cosa non fanno la notte e il buio! – egli disse.

– Parla, non ti fermare. Che cosa fanno?

– Non ti so dire, con precisione. Torna il passato, anima e corpo, il tempo è greve. Ma dov'è Alain? – chiese.

– È andato da Astra. Ci stanno aspettando.

– Com'è laggiú la situazione?

– Non ne so niente.

La casa di Astra, un po' piú in basso, un po' piú spinta verso l'abisso, laggiú sullo sperone aveva un altro modo di essere spersa. Per fortuna c'erano due o tre roverelle a impedire la vertigine. Scendendovi, cessò l'odore dei pitosfori e incominciò quello del mare.

– Potevate telefonarmi, – lei disse, e la sua voce era già dolce, – un colpo di telefono costava niente.

Aveva visto la macchina, passando, un po' sopra il bar rumoroso. Adesso si sentivano solo le onde pulsare: la risacca era forte.

– Che serata è questa? – disse Corbières entrando da Astra.

– Come sarebbe a dire?

– Questa tavola imbandita, questi fiori.

– È tornato nostro figlio. Cinque anni che non ne sapevamo niente, adesso è tornato.

Il giovane, occhi nocciola, capelli lunghi che gli incorniciavano parte del volto, stava in piedi accanto alla tavola. Non assomigliava a nessuno dei genitori. Forse, a guardar bene, la fronte, non vasta, leggermente convessa, poteva essere quella di De Ferri. Della madre non aveva niente.

– E il vecchio e la ragazza? – chiese Leonardo.

– Si sono sistemati nell'autorimessa.

– Non cenano con noi?

– Non vogliono entrare. Si sono fatti con delle tende una specie di nicchia. Lui si rifiuta di entrare in casa con una ferma gentilezza.

Astra andò in cucina con Veronique. Leonardo sedette su una poltrona accanto a De Ferri.

– Vuole che andiamo dai curdi? Vuol provare a farli entrare? Forse lei è piú convincente.

– Se non ci è riuscita Astra. Cova sempre la vendetta, il vecchio?

– Mi pare di no. Speriamo che i suoi figli vengano a prenderlo.

– Chissà dove saranno finiti.

– Sono i regali della notte. Astra è pazza d'amore per tutti. Piú ce n'è piú ne adotta.

A tavola Astra serviva suo figlio con un entusiasmo da adolescente. Il giovane aveva il volto addolcito da un'inspiegabile lontananza. Alain era triste, molto triste e Veronique non se ne occupava.

Suonarono alla porta e De Ferri andò ad aprire. Arrivò un altro giovane. Il figlio di De Ferri si alzò. Si baciarono. Lo fecero sedere. Lo presentarono: si chiamava Virgilio. Ma di virgiliano non aveva niente: volto duro, capelli a spazzola, sguardo freddo, quasi obliquo.

Mentre mangiavano, risuonavano solo due nomi: Daniele! Virgilio! Ripetendoli di continuo, Astra sembrava felice di estendere il suo senso materno. Leonardo riuscí a capire, da alcuni accenni, che Daniele era arrivato il giorno prima dall'Ecuador. Che avesse fatto laggiú restava un mistero.

Alla fine della cena i due giovani si alzarono per uscire. Dissero che prima di scendere sulla costa avrebbero fatto un salto al bar.

– State attenti, – disse Astra, – sulla strada guardatevi
intorno.

– Non abbia paura, signora, sappiamo che questa è una
zona ad alto tasso di criminalità.

– Non immaginavo di stare in una zona simile, – disse
Leonardo.

– Probabilmente lei non si accorge di ciò che avvie-
ne: commandi arabi di passaggio, corrieri della droga... C'è
solo una strada dove la densità del delitto è quasi pari a
questa.

– E qual è?

– Il rettilineo di Albenga. Come omicidi non c'è male.
Ancora ieri è stata uccisa una giovane albanese. È stata
trovata nuda in una serra coi vetri infranti.

– E chi l'ha uccisa? – chiese Corbières.

– Deve sapere che quella strada è piena di donne: al-
banesi, nigeriane, russe, bosniache, rigorosamente gestite
dall'alto.

– Non dovrebbe essere difficile scoprire l'assassino. Ci
fosse una polizia efficiente...

– E quando lo hanno preso, – disse De Ferri, – cosa
crede che gli facciano? Va già bene se non gli danno un
premio per consolarlo della sventura che lo ha portato a
uccidere.

– Che morale è mai questa? – disse Corbières.

– Morale corrente.

– Morale vile. C'è da indignarsi.

– Prostituta piú, prostituta meno! – esclamò Daniele,
toccando la spalla del suo compagno.

«Bella uscita! – pensò Leonardo. – Con quel volto angelico, dagli occhi sognanti». – Ce l'ha con le prostitute?
– chiese. – Sarà mica un moralista di bassa lega?

– Non ce l'ho con loro, ma neanche con l'omicidio, droga e tutto il resto. Da dove crede che arrivino i soldi qui sulla vostra costa? Fermate il delitto e fermerete il mondo.

– Ebbene, che si fermi! – disse Leonardo.

Allora Corbières intervenne di nuovo:

– Tutto il Mediterraneo è un lago di lacrime –. E rivolto a Daniele: – Ma che lei proclami ai quattro venti la necessità del crimine, che si schieri da quella parte...

– A me non piacciono i vostri sdegni. Sapete anche voi come stanno le cose –. E aggiunse che arrivavano dai capi del narcotraffico i soldi per l'edilizia della Riviera.

Dopo quella lezione di realismo, i due giovani partirono.

De Ferri si rivolse a Leonardo sottovoce:

– Mia moglie lo ama, io non lo amo. Ne parleremo un altro momento. Vorrei che neanche l'aria mi sentisse. Ne ha combinate di tutti i colori. Ha tutti i vizi possibili e immaginabili.

Astra e Veronique erano rimaste impassibili davanti all'esplosione delle parole. «Che saggezza, le donne... si trasformano in statue al momento opportuno».

– Sapete cosa arrivo a dirvi? – Ecco che Corbières interveniva ancora: – Questo mondo va lasciato andare in rovina, oppure va difeso senza che nessuno se ne accorga, in gran segreto.

– Non mi piaceva nemmeno il loro modo di parlare, – disse Leonardo. – Alto tasso, densità, Riviera...

– Fuori c'è il cielo stellato, – Veronique disse. – Ma è notte buia.

Era un invito a non continuare, a cambiare discorso.

Era una notte buia davvero e fredda, degna di una primavera malsana, e il silenzio non era meno pauroso del fruscío dei passi clandestini. Alain era rimasto sempre silenzioso e a capo chino. Doveva essere una notte ben cupa, e che veniva da lontano, quella che gli era scesa addosso. Veronique guardava Leonardo con aria apprensiva. «Poi ti parlerò, ti spiegherò – sembrava dire – i misteri di questa sera».

– Domani vi invito tutti a casa mia, – disse Leonardo. – Poi vi porto a cenare a Sultano. È un paese un po' piú interno di Argela.

– Accetto volentieri, – disse Corbières.

– Io preferirei dopodomani, – disse De Ferri, – domani ho degli impegni.

Uscirono. La luce della porta di casa si frastagliava nelle querce. La notte con un po' d'aria era melodiosa.

Abbassò il vetro della macchina prima di partire. Veronique si era avvicinata e si chinava. La sua testa era contro le stelle.

– Sorveglia Alain. Mi pare che non vada.

Lei approvò con un cenno del capo.

Partí e scese per le curve, poi per il lungo dosso profilato contro il mare. La notte univa le cose: massi, cespugli e mare da cui si staccava qualche traccia fosforescente. Nei fari apparve una donna che cercava di nascondersi dietro un ginepro: tentava di arrampicarsi per la ripa, ma scivolava. Le era caduta la borsa.

Leonardo si fermò, istintivamente.

– Non abbia paura, non fugga.

Lei raccolse la borsa. Lui le aprí la portiera. Rimise la marcia. Era minuta e bionda. Parlava un italiano stentato. Era bosniaca.

– Viene dal bar? – le chiese.

– Ero nel bar. Ma ho preferito scendere a piedi, non aspettare che qualcuno mi portasse.

– Lassú la festa continua?

Non rispose. Lui non fece altre domande: non voleva parlare, era troppo scossa.

Sull'Aurelia illuminata la vide meglio: un bel profilo, delicato e raccolto e gli occhi stanchi. Quasi senza seno.

Le chiese dove voleva essere lasciata.

– A una fermata del filobus.

I filobus di notte erano rari. Guardarono un tabellone: c'era da aspettare un'ora. Le chiese dove voleva andare. Abitava in una città che si trovava a una ventina di chilometri.

– Risalga in macchina che la accompagno.

Indossava un corto soprabito che lasciava le gambe scoperte, e aveva un luccichio nei capelli e un odore combinato di tabacco e di essenze. Passarono due capi rocciosi e due cittadine in cui erano sopravvissuti eucalipti e palme. All'ingresso della città, in cui lei abitava, la strada era costellata di ragazze seminude. Una era principesca.

– Bella! – egli disse.

– È mia amica. Ci vuole andare? Non è cara.

– Non è per il prezzo.

– Ha paura che sia malata?

– Non è nemmeno per quello.

– Fedele?

– Neppure. È faticoso rompere il ghiaccio.

– Non è mica necessario.

Passarono davanti al casinò e alla chiesa russa.

– Io sono arrivata.

– Vorrei offrirle da bere.

– Si può andare al bar del mercato.

– Là no! C'è gente che lavora. Andiamo in un bar di nullafacenti.

Lei lo portò dietro il casinò, nella salita. Il locale era quasi buio, con neri schienali. E pieno di gente.

– Che cosa beve?

– Quello che beve lei. Per me è indifferente.

– Vorrei sapere come si chiama.

– Dònica, – lei disse.

– Io, Leonardo.

Mentre bevevano si guardò intorno: giovani di una gaiezza eccessiva, teste cariche di turbini, e altri, soprattutto ragazze, con corpi illanguiditi.

– Anche qui mi trovo a disagio. Dove si potrebbe andare?

– A quest'ora? A casa mia.

– È troppo giovane.

Passò tra un gruppo di sonnambuli, in un paradiso creato dai farmaci, e andò a pagare. Tornò al tavolo.

– Se vuole la lascio qui, – le disse.

– Mi porti a casa, per piacere. Qui perderei tempo.

In macchina lei gli diede un numero di telefono.

– Se una sera mi vuol chiamare, tra le cinque e le sette sono quasi sempre a casa.

«Il caso me l'aveva messa tra le mani, – pensò mentre se ne allontanava, – potevo andarci. Che vuoi di piú: gambe levigate, un bel profilo. Alla tua età e nelle tue condizioni avrai mica ancora paura delle malattie?»

Uscí dalla città e la ragazza dall'aria principesca, corto abito trasparente, gli fece un cenno di saluto. «Non avrà freddo con quel nailon?» Lo portava come seta della notte. La presenza del mare, lí a due passi, muovendo l'aria redimeva tutto.

La costa finiva. «Adesso entro nella mia valle. Devo indossare il manto della malinconia». Versanti di colline come profondi campi notturni. Salí per una di quelle pareti. Ad Argela prese la sterrata per Beragna.

«Addio, ci siamo!» Un pino coricato sbarrava la strada. «Me l'hanno fatta, – pensò facendo marcia indietro accostato al muretto. Sulla sponda degradavano alte terrazze. – Fare cosí, stupidamente, la fine del topo!» Fermò la macchina nell'ansa di un ruscello, si buttò nel boschetto, salí tra i cespugli. Sentiva odore di lentisco e di mentastro. Finalmente arrivò su un terreno domestico, terrazzato. C'era una vigna persa e piú in alto s'intravvedevano contro il cielo le punte di un uliveto.

«Mi conviene aspettare l'alba, col primo chiaro vedrò

il da farsi. Forse si sono stancati di aspettarmi e non c'è piú nessuno. Grazie, Dònica, di avermi fatto perdere tempo». Rivedeva la sera trascorsa, Veronique enigmatica e dolce, il giovane che predicava, e con le sue parole apriva una strada che dava su un mondo vecchio, vecchio.

Quando venne giorno, ebbe vergogna di avere avuto paura, e se ne andò a casa a dormire. L'alba era stata rapida, un abbaglio sopra la collina, poi due lunghe macchie rosa che galleggiavano nell'azzurro. Anche la terra, profilata nel cielo, sembrava lieve. Terra e cielo davano veramente l'idea di essere in viaggio, con le stelle che avevano lasciato un'orma, una brace spenta in quel rosa sfilacciato.

Tornando ad Argela nel pomeriggio, vide il pino ridotto a ceppi sul bordo della strada. Le radici erano mozzate. Si informò in paese se l'avevano fatto cadere o se era caduto da solo. – La vecchiaia! – qualcuno disse. Altri sostenevano che era dall'inverno che aveva le radici sopra il suolo.

Nell'osteria non si era mai vista tanta gente come in quel fine settimana. C'era anche Medoro, alto e sempre silenzioso se non lo si interrogava. C'erano due suonatori, uno col violino e l'altro col flicorno sotto il braccio. Non suonavano ancora, ma prima o dopo avrebbero attaccato.

– Sentirai come suonano: fanno parlare lo strumento. Ma bisogna che abbiano bevuto.

– È lo spirito del vino.

– Uomo da vino, uomo meschino, – un terzo disse.

«Qui siamo tutti meschini, – Leonardo pensava, – qui non si salva nessuno, forse Medoro che ha in cuore l'esperienza della miniera. Argela, paese dove nessuno lavora piú sul serio, dove non c'è piú religione, ora che è venuta a cessare quella delle opere».

I suonatori attaccarono. Violino e flicorno si alterna-

vano, ma ogni momento si fermavano per bere. – Alla compagnia! – La compagnia era impaziente. Poi il flicorno ci
diede secco: scoppi di gioia, ma brevi, interrotti. Conduceva. Il violino gli faceva, intorno, delle volute sempre piú
variate, finché il flicorno entrò in un adagio e procedette
come in ginocchio in un lamento. Allora il violino stese le
ali e partí per sempre. Sognava e piangeva. Martellava e
tornava a piangere.
    – Dio abbia pietà di noi! – disse uno spettatore. – Vor-
rei questa musica al mio funerale.
    – Io vorrei *La paloma*.
    – Non ti pare un po' troppo leggera?
I suonatori erano tornati a bere.
    – Piú bevono, meglio suonano.
    – Fanno una musica piú rotonda, piú completa.
    – Dio abbia pietà della loro anima avvinazzata!
Come? Medoro che parlava senza motivo? E sottovoce! Ma solo Leonardo aveva sentito, che gli era vicino.

    Piú tardi uscirono insieme. Presero per i vicoli so-
prani.
    – Che casa c'era là dove è tutto diroccato, sotto quel
lentisco?
    – Sono passati tanti anni.
    – Cerca di ricordare. Chi ci abitava?
    – Quando?
    – Nella primavera del '45.
    – Che te ne fai di saperlo? Ormai son macerie.
Accanto al muro su cui si estendeva il lentisco un giovane mandorlo si muoveva leggermente. Versava nell'aria
una luce tenue.
    – Andiamo via, forse hai ragione. Parce sepulto.
    – Pian piano qualcosa mi viene in mente. Fammi ri-
cordare.
A poco a poco Medoro ricordava e diceva lentamente,

vagliando le parole, come d'abitudine. C'erano state due ragazze, le figlie di Robè di Colomba, donne da soldati, dell'andazzo dei tempi. Le aveva salvate dal linciaggio un ufficiale francese.

– E com'era quell'ufficiale?

Medoro buttò le braccia avanti e fece un gesto come a dire: grandioso. – Era un tipo, era un tipo... Voleva la giustizia e l'ordine, non voleva vendette.

– Ora che me lo dici...

Attraversavano il paese, camminavano in un vicolo che aveva un piccolo portico e due archivolti e, in fondo, una madonnetta con le roselline dipinte.

– Un giorno diranno: chi c'era in questo posto? E in tutte quelle casette di campagna, a fare quella grama vita? Perché ci sono stati?

– Mi domando a chi toccherà l'ultima parola: ai roveti?

– Nell'arido trionfano le ginestre spinose. Formano un bel tappeto. Poi ancora qualche incendio, e buona notte!

Capitolo ventesimo

– Questo è l'albero a cui parlo piú volentieri.
– Cosa ha di speciale?
– È piú saldamente piantato, ha un tronco che è tutto dolore, e poche fronde.
Corbières sorrise. – Già! – disse. – Un marinaio parla a un'onda, tutto è instabile, è attento alle sfumature. Lei si aggrappa a ciò che è fermo.
– Ci sono tante ombre vaganti. Ma accanto a quest'albero diventano leggere.
– Ora raggiungiamo gli altri. Ci stanno aspettando.
Gli altri erano rimasti sul terrazzo adiacente alla casa e stavano parlottando. Erano arrivati a piedi, ma da Argela. Avevano posteggiato prima della sterrata.
Leonardo aiutò Corbières a scendere una scaletta. Sulla successiva Corbières sedette.
– Ho pensato ai casi suoi, – disse un po' solennemente. Ognuno ha il suo modo di parlare. – Ho pensato a chi ha interesse a farla sloggiare. Forse qualcuno vuol metter mano su quella rupe. Nessuno le ha mai chiesto di poter passare?
– Finora no.
– Vedrà che glielo chiederanno, se ci si può arrivare solo da qui.
– Ce ne sono di lavori da fare.
– Il gioco vale la candela... Comunque farò ancora qualche indagine prima di andarmene. E vorrei parlarle di tante altre cose.

– Perché non me ne parla subito?

– Noi siamo fatti per intenderci, ma sono cose delicate. Rimandiamo!

Avevano sceso altre due scalette e adesso camminavano su un sentiero invischiato dalla sera. Sembrava di calpestare una luce a strati. Corbières si voltò a guardare ancora la rupe.

– Chi c'era lassú in tempo di guerra?

– I bersaglieri. Avevano una mitraglia contraerea. Ma perché non venivate? Dopo lo sbarco a Saint-Raphaël vi siete fermati un anno lí a due passi. Riposavate?

– Erano gli ordini. Io sono venuto quasi fin qui, una notte, di pattuglia.

Dal crinale scese un tinnire di zoccoli ferrati. Passava un uomo ritto sulla sua mula, sopra due fasci di cespugli. Tutt'intorno l'azzurro si spegneva.

– Che cosa porta?

– Cespugli e erbaccio secco. Per la lettiera.

– Avevo dimenticato.

– L'ultima mula di Argela!

– Quando sono venuto io, ne ho contate una trentina.

– Molti le tenevano nascoste per paura di una requisizione. Ne erano già morte troppe sul fronte, povere mule!

– Noi non le requisivamo. Anzi, volevamo passar loro il foraggio.

Quattro passi, e furono tra coloro che li aspettavano. Veronique era seduta sulla ceppaia di un ulivo, i suoi capelli rischiaravano la corteccia. Profilo contro il legno.

– Si va a Sultano?

A Sultano la notte era tranquilla. Il cielo, visto dal fondovalle, era un coperchio di bronzo, con stelle infisse senza alone. Astra si domandò ad alta voce come poteva essere la notte a Vairara. La sera prima era stata cosí movi-

mentata, disse, che avevano chiuso la porta e non erano
piú usciti. Un tempo era bello avere la casa su quel dorso,
ma adesso era troppo esposta ai passaggi. Se non si fosse
affezionata alle piante e agli animali che ci giravano intorno (tassi, porcospini, volpi) avrebbe chiesto al marito
di cercarne un'altra.

– Vi siete affezionati reciprocamente, – disse De Ferri, – non fai altro che dargli da mangiare. Non è che mi di-
spiaccia.

– Certo che ogni giorno aumenta il legame, – lei disse.

– Che cosa dà ai tassi? – chiese Leonardo.

– Frutta ben matura. E ai porcospini il latte.

Dalla piazza entrarono in paese. Il carrugio era lungo e
fra alte case, e non si vedevano che muri. Leonardo rimpiangeva il bronzo fuso nel blu del cielo, i suoi guizzi.

– La credevo senza figli, qualcuno mi deve aver detto
che non ne aveva.

– Infatti è un figlio adottivo, – disse Astra.

Lei e Leonardo erano rimasti indietro.

– Non le deve aver fatto una bella impressione l'altra sera, – lei disse ancora. – Fosse almeno una ribellione
verso le ingiustizie del mondo. Ma non capisco con chi ce
l'abbia.

– Cambierà, – disse Leonardo. Voleva raggiungere gli
altri perché non sapevano la strada. – Di ciò che si pensa
da giovani resta poco –. Poi si corresse: – Resta poco sempre, figuriamoci a vent'anni.

– Prima era diverso, prima di andare in Africa e in
America. Io forse l'ho adottato un po' tardi: aveva già dieci anni.

Gli altri erano fermi dove il carrugio si divideva in due
rampe, una in salita e l'altra in discesa. Presero quella che
andava in giú e che finiva su una scala quasi buia.

– Se permette, mi attacco al suo braccio, – disse Astra.

Era soffice e profumata in quel buio scosceso, e tra-
ballava leggermente, non aveva il passo sicuro di Vero-

nique, l'andatura ondosa che si accordava a ogni tipo di strada.

L'osteria si trovava in riva al torrente. Aveva due sale, in una giocavano a carte e l'altra, adibita a ristorante, era tappezzata di trofei di caccia posati su delle mensole: povere teste di cinghiali impolverate dalla morte, volpi ondulate, scoiattoli aggrappati a rami di pino, faine e donnole lustre. Astra li guardava con pena. Finché era venuto da solo non ci aveva mai fatto caso. V'erano al mondo tanti tipi d'uomini: chi amava la natura morta e chi amava la natura viva, chi puliva i boschi e chi li incendiava.

– Come si caccia il cinghiale?

– Con crudeltà, signora! Decine d'uomini e decine di cani contro una bestia sola –. E aggiunse: – So quello che prova.

Lei gli mise una mano sulla mano. Essere capita forse le bastava. S'era seduta vicino a lui come a voler proseguire la conversazione. Veronique e Corbières erano di fronte. C'erano due capitavola: De Ferri, con la bontà stampata nel volto, e Alain che dal fondo della sua crisi sembrava invocare il silenzio. Di là dai vetri il fruscío degli alberi si alternava a quello del torrente.

Corbières domandò cosa c'era sulla collina che sovrastava il paese. Raro vederne di cosí ripide, cosí alte.

– Ulivi e vigne, – disse Leonardo, – su terrazze strette, ricavate a braccia.

– Dev'essere una vita dura.

– Dura per tutti, uomini e piante. Qui, quando uno muore, comincia un poco a riposare. Perché, se dorme, si muove ancora per la sua campagna, ne ascolta la voce. Mugugna anche nel sonno.

Per uscire attraversarono la sala dove giocavano a carte. Nessuno levò la testa. Ma, mentre Veronique passava tra i tavoli e il banco: – Chi sarà quella lí? – una voce disse. «Né tu né io ne sapremo mai niente», pensò Leonardo. Fuori, lei aveva l'aria di un grande uccello, eretto nell'aria del torrente. «Sembra alle soglie di un altro mondo». Si passava le dita nei capelli, li sollevava sul collo, e li proteggeva con una sciarpa.

Risalirono per la scala. Nel carrugio tirava un'aria ancora piú forte che lungo il torrente. La madonna mal rischiarata sembrava aver freddo. Chi l'aveva messa in quel vento che sbatteva in un cielo piú nero che azzurro?

Un uomo – giacca sciarpa e bastone – veniva verso di loro con passo cauto; riconobbe Leonardo, salutò tutti quanti, li invitò nella sua cantina. Era bianca di calce, senza finestre e tenuta come un salotto. Zucche appese, trecce d'aglio, un giglio in una bottiglia. L'uomo offrí il vino migliore. Aveva dignità e gentilezza; quel suo muoversi cauto, i gesti lenti erano dovuti a una malattia degli occhi.

– È un vino che fa resuscitare, – disse Corbières, – non trovo altro paragone –. Poi aggiunse: – Sultano... da dove viene questo nome?

– Dai turchi portati qui da un console genovese. Piú in alto, sul crinale, hanno portato piú tardi altri prigionieri, toscani catturati nella battaglia navale della Meloria.

Corbières disse che nemmeno lui se ne sarebbe piú andato, con un vino simile. Allora l'uomo, con un celato sorriso, lo informò che il vino era venuto dopo. A quei tempi c'erano solo ulivi e boschi. Erano stati i greci, sbarcati a Nizza, che avevano insegnato a innestare l'ulivo sul leccio.

– E la vigna chi l'ha portata?

– Quelli che andavano a lavorare in Provenza, nelle magre annate.

Uscirono. L'uomo li seguiva nel carrugio a piccoli passi. Veronique afferrò la mano di Leonardo, vi conficcò le dita. Aspettarono, e lei prese l'uomo sottobraccio. Sulla piazza si ergeva la collina, nera parete, anfratti e sporgenze tra le stelle. Passò una donna infagottata e disse che tirava un'aria subdola.

L'uomo chiese a Leonardo se il vino era buono davvero.

– Neanch'io trovo una frase adatta, non sono all'altezza.

– Ha già tre anni, da allora non ne ho piú fatto. Quando finisce, è finito.

– Noi la ringraziamo.

– Mi può dire come sono le colline verniciate dalla notte? La vista mi si è abbassata.

– Come ali di rondine.

Vennero giú quasi di volata, per via di quel vino.

– Avrei voluto baciarlo sulla fronte, – disse Astra. – Sono pentita di non averlo fatto. Se abitassi a Sultano mi sentirei protetta.

– È piú bello di notte che di giorno, – disse Leonardo.

Andavano sul fondovalle. La collina si abbassava a poco a poco, prima di rialzarsi alla rupe di Beragna e vibrare contro il cielo.

– Anche a me è piaciuto questo paese, – disse Veronique. – La collina stellata, i vicoli, la statua contro il muro intonacato d'azzurro.

– Ogni paese ne ha una, in questa valle, – disse Leonardo. – Quella di Argela è molto piú piccola, e messa in un punto piú riparato –. Guardò nel retrovisore: De Ferri non lo seguiva. Rallentò e si mise ad andare pianissimo.

– Non magnifichiamo troppo questi paesi, – disse, – non credete che sia tutto oro ciò che luccica.

– Per me non luccica niente, – disse Corbières, – nessuno sfarzo, ma c'è come una verità qua e là nella polvere.

Salirono ad Argela. La strada girava: la curva del nespolo, la curva della frana, e quella del precipizio. Lassú scesero dalla macchina ad aspettare. Non si vedevano ancora i fari.

– Avranno sbagliato strada? – Corbières si preoccupava.

– Alain la conosce, – disse Veronique.

– Ho molta sete, sete d'acqua, non c'è una fontana?

– Venga con me, sono pochi passi, – disse Leonardo.
E condusse Corbières dentro il paese, alla fontanella
sotto il porticato. L'acqua cadeva in una pila muschiosa.
Corbières bevette nelle mani a coppa.

– Non se la ricordava?

– Non si può mica ricordare tutto.

– Ma una fontana si ricorda in un paese arido come
questo.

– Con la vita che ho fatto, ho cancellato ben altro.
Qualche ricordo ritorna, ma stralunato.

«Che cosa ho suscitato? – pensò Leonardo. – Ogni volta che ho scherzato me ne sono pentito». Stava per dire
che sí, certo, una fontana era una cosa insignificante; ma
Corbières aveva ripreso a parlare:

– Mi sono trovato in tali situazioni... da una parte un
popolo assoggettato e dall'altra i miei connazionali che
chiedevano la difesa del loro lavoro, dei loro campi... Ne
siamo usciti tutti prostrati. Ha visto com'è Alain, ha mai
visto un uomo piú smarrito?

– Non so, non mi pare. All'inizio mi diceva cose molto sagge, con lampi... non so, non so spiegare.

– E cosí vanno le cose umane! – disse Corbières se-
dendosi su un banco di pietra sotto il porticato. – Adesso
laggiú è piú intossicato di prima, e tuttavia era giusto che
noi ce ne andassimo. A volte i principî, a cui noi obbe-
diamo, entrano in contrasto con se stessi.

Corbières si alzò, bevette di nuovo.

– Qui una volta si abbeveravano i muli, – disse Leonardo, – e il capraio lottava per avervi diritto con le sue capre sul far della sera. Ma andiamo, ci stanno aspettando.

Le due donne erano appoggiate al cofano della macchina, sotto il leccio.

– Credo che siano finiti al mare.

Alain e De Ferri arrivarono. Si erano fermati per strada, per un semplice giramento di capo.

– Se volete bere, c'è una fontana.

– Non ce n'è bisogno.

Salutarono Leonardo ed entrarono in macchina. Erano tutti sistemati, ma Veronique si attardava a guardare.

– Sul mare dev'essere nuvolo, – disse, – non ci sono stelle –. E poi a Leonardo, sottovoce: – Perché non vieni anche tu?

– Vengo domani.

– Non dovresti rientrare a quest'ora. Non ti prende la tristezza?

– Non è una cosa grave e a casa passa, – disse Leonardo.

Anche lui partí con la macchina, per la sterrata, a andatura sostenuta per togliersi il piú presto possibile dalla strada. Si fermò tra due ulivi e, nello scendere dalla macchina, si curvò. Sentí un bisbiglio, un richiamo a fior di labbra. Talvolta un soffio simile lo faceva la civetta.

– Luigi! – sussurrò.

Era uno che girava nella notte a passo felpato.

– Luigi, rispondi! – ripeté.

Rispose un sibilo atono, come a dire «taci». E, accesa la luce sulla porta di casa, Luigi si fece avanti, un dito alle labbra.

– Spegni la luce.

– Basta che parli, – disse Leonardo. «Non sei ancora stanco, – pensava, – di silenzi e giri notturni per nascondere una cosa che tutti sanno, di trascinarti un povero segreto conosciuto da cinquant'anni?»

– Se le cose ti vanno bene, zitto! Ti vanno male? Zitto! Se non parli non ti penti mai.

– Sono ammaestramenti che già conosco. Vieni dentro.

– Appoggiato a un ulivo mi trovo piú a mio agio.

Trasse di tasca la borraccia, la porse a Leonardo, che ne mandò giú un sorso.

– C'è del «buon medico»?

– E del rosmarino e della grappa che distillo io.

– È tutta roba che fa bene, cosí come fanno bene i tuoi ammaestramenti, – disse Leonardo. «Se è qui, – pensava, – se è sceso dalla sua casa semiscoperchiata, mi vuol dire qualcosa. Devo solo aiutarlo a non diffidare delle parole».

– Qual buon vento ti porta?

– Se ti parlo, cuginetto, poi ti dimentichi?

– Certo che mi dimentico.

Chiamava cuginetto tutti quelli con cui si confidava un poco. E poi si pentiva. Ma stavolta sembrava intenzionato ad arrivare in fondo.

– Allora ascoltami bene, – disse con un filo di voce.

– Stamattina ho lavorato dall'alba all'aurora.

– La tua mezz'ora l'hai fatta.

– Ho visto tutto quel rosso e ho pensato che non era giornata. Me ne sono andato a dormire. Stanotte mi sono alzato e ho pensato: vado a farmi un giro.

– Perché non dormi, perché non ti dai pace?

– Guarda questa mano. È nuda e pulita.

– Lo so.

– Non ho mai rubato. Ho visto tante cose nella vita. Cuginetto, fammi finire. Ero dietro a un cespuglio: sono passati in quattro, solo che uno era avvolto in una coperta, secondo me era morto. Se fosse stato ferito si sarebbe lamentato.

– Che ora era?

– Sarà stata mezzanotte. Adesso basta. Non dico piú niente. Non farmi domande. Statti contento di sapere ciò che sai.

«Una prova la faccio lo stesso», pensò Leonardo; e disse: – È un po' troppo poco.

– E no, cuginetto, se ti dico tutto, poi ne sai piú di me, perché io non so quel che tu sai.

E il silenzio piombò sull'uliveto. Rami accordati al cielo fin dalla nascita e, finora, senza morte. «Non venga mai il giorno che qualcuno li veda morire. Noi, poveri esseri smarriti, non lo vedremo».

Si sentí un fischio soffice, cadenzato.

– La civetta!

– È l'assiolo. È piú dolce, piú malinconico, non senti? I francesi lo chiamano il piccolo duca.

Prima di andarsene, Luigi gli porse di nuovo la borraccia.

– Vedo che ti piace, cuginetto. Una di queste notti te ne porto una bottiglia.

– Grazie. E sta' tranquillo.

Se ne andò col suo passo felpato, per vie tortuose. «Quanto ti costa, amico, ciò che hai commesso cinquant'anni or sono». Anche il canto volò lontano. Poi tornò dappresso. Svolazzava. Entrava nelle cime senza un fruscío. «Mancavi da qualche anno e sei tornato». Sembrava che gli ulivi si facessero compagnia.

Capitolo ventunesimo

Passata la rupe, prese il sentiero che saliva al serro. Cielo e mare erano uguali, la linea che li univa era un azzurro di chiazze ardenti. Di tanto in tanto quelle chiazze partivano a spirale.

– Meno male che sei venuto, – gli disse Veronique aprendo il cancello. Leonardo lo aveva trovato chiuso e aveva dovuto suonare il campanello.

– Sono cominciate le belle giornate. È maturata la primavera.

S'inoltrarono, per le scale, tra i rosmarini che tremavano sulle terrazze. Scale e terrazze erano esposte e passavano delle ventate.

– Hai mica in tasca la rivoltella?

– Stavolta l'ho portata.

– È meglio che la nascondi.

– Perché, che succede?

– Nascondila, dammi retta. Qui da casa non ci possono vedere.

– Non c'è un buco?

Lei lo condusse a un muretto mezzo franato. Lui sollevò due pietre e vi mise l'arma. «Non so se la luce ti rivesta o ti scavi», pensò guardandole il volto tirato sotto i capelli densi. Gli occhi erano aridi.

– Non hai dormito!

Non era stato possibile, lei disse, con tutto quello che era successo nella notte. Avevano bastonato il curdo e portato via la ragazza. Lo aveva trovato Astra, al ritorno da Sultano: era tramortito e sanguinava.

Si staccò dal muro che la proteggeva. – Andiamo! – esortò. – Ci stavano interrogando quando hai suonato –. E prese per la scaletta con disperata dolcezza. Adesso un ampio chiarore all'orizzonte aveva assorbito anche le tracce della linea fra cielo e mare. Era rimasto soltanto l'Esterel colore del piombo, alla deriva nel sole.

In casa trovò Corbières avvilito su un fondo di sdegno, Alain prostrato come al solito, e due poliziotti cordiali su un fondo di diffidenza. Uno interrogava e l'altro prendeva appunti.

– Allora anche lei è stato a Sultano?
– Tutta la sera.
– Da che ora a che ora?
– Siamo partiti alle otto, saremo tornati all'una.
– Tornati dove?
– Ad Argela.
– Quanto ci siete rimasti?
– Non so bene. Siamo andati a bere a una fontana.
– Avevate due macchine, chi le guidava?
– De Ferri ed io.
– E De Ferri è arrivato ad Argela molto dopo di lei?
– Non più di una mezz'ora.
– Benissimo. È ciò che hanno detto anche i suoi amici. Ora entriamo in fatti un po' più personali, se permette.

Leonardo fece un cenno di assenso. «Ma devo essere secco, – pensava, – o non la finirà più».

– Conosce bene i De Ferri?
– Credo di sí.
– Perché hanno ospitato quella ragazza?
– Per la loro grande bontà.
– Conosce anche il figlio?

– È arrivato da poco dall'Ecuador. Prima non lo conoscevo.

– Era con voi ieri sera?

«Non posso mentire, – pensò, – gli altri gli avranno già detto che non c'era». – Io non l'ho visto.

– Dunque non c'era. I genitori hanno detto dov'era andato?

– A me, no.

– Ho finito. Vi ringrazio. Può darsi vi si convochi in ufficio, – disse il poliziotto.

Trasse di tasca un telefonino e compose un numero, domandò del vecchio curdo. Ascoltò.

– Credevo di poterlo interrogare. Agonizza.

– Che cosa beve, signore? – chiese Veronique.

Il poliziotto domandò un caffè. Aveva un triste sorriso e la sigaretta sempre tra le dita, accesa o spenta. Leonardo gli faceva concorrenza e la stanza si era riempita di fumo. Era stato un interrogatorio superficiale e adesso già si divagava. Corbières chiedeva se quella ragazza si sarebbe ritrovata e il commissario (cosí l'aveva chiamato) rispondeva che c'erano troppe piste da seguire, troppe mafie. Quello era un posto di frontiera: la ragazza poteva essere chissà dove.

Veronique tornò col vassoio, versò il caffè nelle tazze. Un raggio, fra tutto quel fumo, balzò dal bricco sulla sua mano. Poi lei andò ad aprire la finestra, e comparve il cielo sulla scarpata. Cielo dove passava un falco, e che si sarebbe detto di arenaria senza quell'ala.

– Lei ed io, – disse il commissario, – abbiamo fumato troppo.

– Ciò che vediamo ci fa male, ci occorre un velo.

– Lacerate quel velo, – disse Corbières, – occorre vederci chiaro.

– Il mio compito è solo interrogare e riferire. Quel vecchio agonizza e che provo? Il dispiacere di non potergli parlare.

– Si sono soltanto accertati che il figlio di Astra non fosse con noi ieri sera, – disse Alain non appena i poliziotti se ne furono andati.

Corbières confermò che erano già orientati. Era deluso che non fossero partiti da un'indagine piú vasta. Leonardo taceva convinto che il ragazzo non c'entrasse per niente. Le ragioni non le poteva rivelare. Poi tra sé disse: «Questa terra nasconde tanti di quei segreti, tanti scheletri nei pozzi e nei suoi burroni». Era stato trovato un arabo, giorni prima, sotto il ponte dell'autostrada. Ufficialmente vi si era gettato, ma al petto aveva ricevuto una coltellata.

– Dobbiamo – disse Corbières – farci coriacei. Son passato tra guerre di ogni genere, ma non ero cosí esasperato. Non si doveva far finta di essere in pace.

– Se date retta a me, – disse Veronique, – scendiamo da Astra, invece di star qui a discutere.

Uscirono. Scesero all'ombra di una siepe, poi per una scorciatoia tra i rosmarini. Sotto le querce faceva già buio.

L'uscio si aprí e comparve Astra. Era in lacrime. Disse che sarebbe stato meglio non avesse mai visto suo figlio, disse che avrebbe voluto morire.

«Capace di buttarsi nel fuoco per lui, – pensava Leonardo, – e capace di maledirlo». – Ma è innocente, – disse.

Lei, aggrappata a quelle parole, si rischiarava.

– Dice per consolarmi?

– Ne sono sicuro, non le so spiegare. Mi dia tempo qualche giorno.

– Sono qui che aspetto, sono sola. Mio marito è andato all'ospedale. Sembra che il vecchio muoia.

Entrarono. E anche loro si misero ad aspettare.

De Ferri tornò e disse che per il curdo non c'era piú speranza. La polizia cercava Daniele e non lo trovava. Stava cercando anche la ragazza, guardava in tutte le macchine che passavano il confine, aveva messo in moto gli informatori della malavita locale.

– E quelli della malavita internazionale? – chiese Corbières.

– Non so. Vi ho detto quello che sono riuscito a capire, – disse De Ferri. Poi si rivolse ad Astra: – Se Daniele è innocente, tornerà.

Dava l'impressione che non gli dispiacesse che fosse sparito.

– Da quando non lo vedete? – chiese Leonardo.

– Da ieri pomeriggio. È partito prima che noi venissimo da lei.

– Dove pensate che siano andati?

– Chi?

– I rapitori.

– Verso il mare, verso la via Aurelia.

– E se fossero andati verso l'interno, se avessero passato la rupe?

– A piedi e con la ragazza? Mi sembra piú probabile che siano fuggiti in macchina.

– Non bisogna escludere niente, – disse Leonardo.

– Anche la polizia sembra impotente.

– In una società marcia, – intervenne Corbières, – la polizia cerca solo la sua parte di potere.

Leonardo disse che gli rincresceva lasciarli, ma se ne doveva andare. E tornò al muro diroccato dove aveva nascosto la rivoltella. Le pietre brillavano di luce della sera, una sorta di brina viola s'era attaccata a tutte le terrazze. Sul mare il celeste cedeva. Vide Veronique che veniva verso di lui.

– Che te ne fai? Non vorrai adoperarla?

– Solo per difesa.

– Non si preoccupano di quella ragazza. Nessuno ne parla. Che fine andrà a fare?

– Non basta parlarne, bisogna trovarla. Perché mi hai seguito?

– Non so, un impulso. Sei partito deciso. Non mi hai salutato come si deve.

La prese tra le braccia. Quattro ossa, ma rivestite di tutto il tepore, di tutto il lusso del mondo.
– Domani ti fai vedere?
– Se posso.

Gli sembrava di cominciare un nuovo cammino. Il ferimento, forse la morte già avvenuta del curdo (un vecchio che assomigliava a un vecchio di un tempo), il rapimento della ragazza, con la gamba ancora ingessata, avevano gettato sul mondo una mortificazione, un'oscurità che avviliva. Bisognava agire prima che le facessero fare nelle tenebre notturne un'altra tappa verso la scomparsa definitiva.
Andò a cercare Luigi. Da Beragna mezz'ora di strada. Lo trovò sulla porta della sua casa in rovina.
– Sono pentito d'aver parlato, amaramente pentito. Non t'immischiare.
Si giocò, nel modo migliore che poteva, la carta che aveva in mano.
– Per un delitto che hai commesso tanti anni fa, ti chiudi nell'indifferenza, un'indifferenza malata.
Luigi strinse la mano sui calcinacci caduti dai muri. C'era troppo buio per scorgere i suoi occhi.
– Quell'uomo era mio padre. Non mi voleva riconoscere.
– Veniamo tutti da qualche delitto.
– Oggi non lo farei piú.
– Avevi un'eccessiva brama di giustizia. Hai espiato con tutto il cammino che hai fatto.
– Ero perseguitato dalla notte.
– E chi non lo è?
Ma Luigi non aveva riconosciuto nessuno dei tre che aveva visto passare. – Se era una ragazza quella che portavano, prova a guardare nei fortini del confine.
– Mi accompagni?

– Solo perché sei tu, e sei una specie di parente. Hai la
pila?
– Ho la pila e qualcos'altro.
– Anch'io ho in tasca la sorellina.

Andarono verso i fortini. Erano in luoghi impervi,
esposti a ovest, al di là degli uliveti. Gli spini pungevano
le mani e le gambe anche attraverso la stoffa dei calzoni.
Il sentiero procedeva su pendii che avevano intorno immobili tumulti di colline.
– La terra sembra aver ballato tango e mazurca.
– Chissà se è emersa di colpo dal mare, o lentamente.
– Non parliamo, è meglio. Ci sentono da lontano.
Arrivavano odori di assenzi, di lentischi, di rosmarini.
La volta del primo fortino era squarciata e un pezzo era
caduto davanti all'ingresso. Non si passava, ma con la pila si vedeva dentro. A cento metri ve n'era un altro, squar-
ciato anch'esso. Vi si penetrava per una grande breccia. Il
terzo sembrava decapitato. La parte anteriore era distaccata, ma il resto era intatto.
– Hanno lavorato di fretta, tanto per eseguire le clau-
sole del trattato di pace. Una mina qui, una mina là, alla
carlona.
– Certo che in confronto alla Maginot, coi suoi corri-
doi, i suoi saloni nel cuore della montagna... La Francia
era ricca, poteva permetterselo. Se non l'avessimo attaccata ch'era già in ginocchio, saremmo andati a ridere.
Manco in mille anni si passava. Avevano di tutto là dentro: sigarette, liquori.
– Quali liquori? – chiese Leonardo.
– Cognac, Cabanis, Ricard. La loro artiglieria sparava
preciso. Al terzo tiro hanno centrato il treno blindato.
– Guarda cosa c'è.
Per terra, polvere calpestata, grandi orme. In un angolo, rametti e foglie secche di cisto, accampate dal vento, e

la carcassa di un porcospino. Quelle opere della follia servivano se non altro a qualche animale per morire in pace.

– Secondo me qualcuno c'è stato. Dove può essere andato?

– Non so. In Francia o ad Argela. Può trattarsi anche
di un cacciatore.

– La caccia è chiusa.

– Un bracconiere, che ha aspettato il cinghiale, alla
sera.

– Siamo disorientati.

– Ti avevo detto di lasciar perdere.

Tornarono sul crinale. L'aria tinniva nelle ginestre. Sul
mare, rugoso nella sferza della tramontana, appariva già il
rosa del mattino. Il sentiero andava su costoni, tra cisti
che si aprivano silenziosi. Piú in basso, un veliero d'argento tornava a passare sugli ulivi. A varie altezze la collina era avida di luce. Ai piedi di una roccia, il sentiero si
biforcava. Luigi abitava a nord, Leonardo verso il mare.
Esitarono, prima di salutarsi.

– Buon riposo.

– A domani. Se sono ad Argela o nei dintorni fa' conto che siano in trappola. Nulla mi sfugge in paese.

Alberi e rocce erano ormai dentro un alone luminoso.
Leonardo pensò che doveva stare attento. «Entro in una
zona dove natura e sogno arrivano a confondersi».

Capitolo ventiduesimo

Guardava Corbières nel lampo di eternità che il sole mandava. Il mare era da ovest e la sua luce si increspava a oriente.

– Che delusione! Sono venuto per vedere se le cose qui andavano un po' meglio che altrove.

– Non mi crederà, ma lo immaginavo, – disse Leonardo. – Mi piacerebbe conoscere le sue impressioni.

– Non mi faccia dire cose banali. Se apro il cahier de doléances non riesco piú a chiuderlo.

Veronique uscí di casa e venne nel giardino, tra cespugli carichi di sole.

– Lo sai che Corbières sta per partire? Digli anche tu che rimanga ancora.

– Quel che voleva vedere ormai l'ha visto. Perché dovrebbe restare?

– E che ha visto?

– La terra percorsa da delitti, la terra che ha liberato è parola troppo forte... insomma qualcosa di simile... quando aveva vent'anni. Ma è lui che deve dirlo. Io chiedo solo scusa di aver parlato.

– Io non posso parlare, – Corbières disse. – È una dura legge.

– Digli almeno che ti dispiace che se ne vada.

– Certo che mi dispiace. Dispiace a tutti e lui lo sa bene.

– Devo partire.

C'era un azzurro di ghiaccio sul mare spinto da ovest

che a oriente si versava in frangenti argentati. Era difficile dire anche a se stessi come quel mare saliva prima di
versarsi in un aldilà immaginario. A oriente appariva e
scompariva un cordone di metalli.

– Anch'io sono stanca di questa terra di delitti, – lei
disse. – Vorrei portare il mio corpo altrove.

– Altrove non è diverso, non esagerate per la mia partenza. Il tempo che avevo a disposizione sta per scadere.
Gli affetti li ho visitati, come Leonardo diceva. Partirò
stasera. Preferisco viaggiare di notte. La valigia è pronta.

– È previdente, – disse Leonardo. – Io, quando parti-
vo, aspettavo sempre l'ultimo minuto.

Le parole di Corbières, Leonardo le capí alla sera, mentre lo portava alla stazione.

– Mi raccomando... io adesso faccio un piccolo viaggio,
e poi, se non cambio idea, uno piú grande e fulmineo.

– Non può rinviarlo?

– Non voglio aspettare che il male mi devasti.

Stavano ancora scendendo e il mare veniva loro incontro, campo angelico senza vento.

– Che mi voleva raccomandare?

– Alain, naturalmente, e Veronique e poi una buona vita e poi niente.

A ogni svolta sulla collina Corbières fissava l'orizzonte. O forse guardava una roccia, un albero, li salutava o li
incideva nella memoria. «Forse sono vita, – pensava Leonardo, – mentre il blu, che lievita laggiú in fondo, è oblio
e riposo... Lui se ne va già, e non c'è fra noi una gran differenza d'anni».

– Su, stiamo allegri, – disse Corbières, – mi parli, mi
dica qualcosa.

– Senta, io non la lascio a Ventimiglia, la porto a
Nizza.

– Ho la coincidenza.

– Preferisco vederla sul treno, sistemata sul suo wa-
gon-lit.

– La ringrazio.

– Una volta lei ci ha aiutati.

– Ci siamo aiutati reciprocamente.

Dall'autostrada il paesaggio si fece piú vasto: promontori che si spingevano al largo, con crinali e ombre.

– Il cielo cambia, si fa notte.

– L'ultima notte sul Mediterraneo.

– Che cos'ha questo mare che gli altri mari non hanno?

– Una luce che se ne stacca sempre con dolcezza. Può
essere calmo o in tempesta, la luce è sempre la stessa. Non
la incontrerò mai piú.

Leonardo rallentò perché Corbières potesse godere della bella veduta. Pensava a un altrove senza luce e senz'ombra.

– Mi piace quest'andatura di carrozza, – Corbières
disse.

Mentre scendevano su Nizza, la luce, levata l'àncora,
si andava materializzando al di là di altissime Washing-
tonia.

– Il cielo migra.

– Tanto entriamo in città. Può correre, se vuole.

La stazione era sovraffollata. Gente che tornava indietro con le valigie, che si animava.

– Ci dev'essere stato qualcosa, qualche attentato.

Era soltanto uno sciopero.

– I francesi, quando ci si mettono...

– Avrei dovuto informarmi.

– Torniamocene a Vairara. Resti ancora qualche giorno, saranno molto contenti di rivederla.

– Il distacco è stato duro, non voglio passarci un'altra
volta.

– Accetti la mia ospitalità. Ho una casa modesta, ma
gli alberi la proteggono.

– C'è qualcosa di piú di una protezione. Ma anche lí mi

metterei a rivangare. Ormai sono in cammino. Intanto andiamo a bere.

Nel bar, cosparso di cicche e segatura, c'era uno specchio che rifletteva i loro volti di viandanti inceppati.

– Conosco una signora che ha un albergo. Mi può lasciare lí. È la vedova di un mio amico che ha lavorato per il Mossad. Sparito in Giordania. Sin da ragazzo si era innamorato del sogno di Teodoro Herzl: una terra, una patria, Sion.

– Un sogno che si è realizzato.

– Tu dici? Le traversie non sono ancora finite.

(A volte si davano del lei, a volte del tu. Andavano verso il tu a poco a poco).

Salirono sulla collina di Saint-Laurent. Il giardino era in pendio, l'albergo in mezzo e in fondo, come una diga viola, la Baie des Anges.

– Siete a casa vostra, – disse la donna. – Mi avete portato una grande gioia.

Li fece sedere nel giardino, su sedie di vimini. Andò lei con una ragazza a prendere la valigia. La aspettarono a lungo. Strano giardino: qualche arancio, qualche mimosa, e molte agavi: la tenerezza si alternava alla crudeltà.

– Vi conoscete da tanto tempo?

– Da quando aveva meno di vent'anni.

Lei giunse con un vassoio di aperitivi. La fasciava un lungo abito che aveva molte trasparenze.

– Hai sempre la stessa silhouette, – le disse Corbières.

La donna posò il vassoio su un tavolino di marmo. – Aspettatemi ancora qualche attimo –. E rientrò in albergo. Gli attimi erano lunghi minuti.

– Ha cambiato d'abito per te.

– È a loro che fa piacere.

– Ti lascio in buone mani.

Il cielo si andava riempiendo delle consuete stelle. Un pianeta brillava sull'agave. Che pianeta c'era in quel mese?

Sembrava che la signora non dovesse tornare mai. Ma
tornò. Versava di continuo. Anche lei beveva.

– Grazie, Sara. Ma adesso non bevo piú, – disse Corbières, – domani mattina ho un treno.

– Non mi avete ancora detto da dove venite.

– Da Vairara e da Argela.

– Argela non so dov'è. Ma a Vairara abita Veronique.

– La conosce? – chiese Leonardo.

– Ogni tanto si rifugia qui.

– Vairara e Argela sono vicine, le separa solo una rupe.

– Ma che rupe! – disse Corbières.

Poi, lui e Sara si misero a parlare famigliarmente. Af-
fioravano i ricordi e, rotto l'oblio, qualche dolore. Leonardo si aspettava che Corbières dicesse qualcosa di Argela, ma ormai sembrava non pensarci piú. Se ne era veramente distaccato, da Argela, da Alain, da Veronique.
Sapeva lui dove andava, e questo saperlo non gli giovava.
«Io mi ficcherei in qualche angolo di campagna, aspette-
rei nella coltre della terra, dove il tempo è lieve intorno alla bottiglia, tra i ragnateli».

Sara li portò a esplorare il giardino: sempre queste agavi, questi aranci, queste mimose. Guardarono il mare al
di là di un botro di ginestre e delle luci delle rive, poi il
cielo.

– Guardate queste stelle.

E, tenendo la testa rovesciata, aggiunse: – «Voie lactée
ô sœur lumineuse | Des blancs ruisseaux de Chanaan».

Si intravvedeva sotto il tricot il suo corpo bianco, dello stesso colore delle nebulose.

Nei vialetti domandò a Corbières se aveva viaggiato
molto negli ultimi tempi. Dov'era stato oltre ad Argela?

Corbières disse che avrebbe voluto andare in Cabilia,
vi aveva perso qualche compagno.

– E hai rinunciato?

– Una volta lassú sarei stato tranquillo. Ma mi avrebbero sgozzato in pianura.

- Lassú non uccidono?
- È gente sobria, coraggiosa e violenta nel difendere le sue montagne, ma leale, se vai come amico ti rispettano. Sono attaccati ai loro villaggi, non ne scendono quasi mai. Mi sarebbe proprio piaciuto tornarci.

Lei si impigliò in un arbusto; per liberarsene aprí la veste, scoprí un fianco ondulato e lattescente. Il vialetto finiva. Al di là c'era la baia, divenuta una lastra d'ardesia. Batteva il faro di Cap d'Antibes.

Tornarono verso l'albergo. Mentre cenavano lei disse che le loro camere erano pronte. Nessun lusso, ma c'era silenzio. Si sentiva solo qualche aereo. Erano vicino all'aeroporto.

- Se domani qualcuno accompagna Corbières alla stazione, - disse Leonardo, - preferirei andare a casa.
- Se l'aspettano, se ha degli impegni...
- Non mi aspetta nessuno, - egli disse. E parlò come a se stesso della ragazza curda. Non c'era tempo da perdere.
- Comincerà subito a cercarla, sin da stanotte?
- Forse.

Corbières disse che gli dispiaceva non poterlo aiutare.

Di tanto in tanto si levava un brusio dagli altri tavoli. Non c'erano molti clienti. Quasi tutta gente anziana. Ogni tavolo aveva la sua lampada, a forma di candela; la loro gettava la sua fiamma nell'abisso di un volto raccolto, sui capelli spioventi, su una spalla e un seno quasi nudo. L'aria vi rabbrividiva dove incontrava l'ombra.

- Anche mio marito si cacciava in storie pericolose, in terre lontane.
- Ma aveva i suoi buoni motivi, - disse Corbières.
- Io non so bene, non so niente, - disse Leonardo.

La donna, con un alone intorno agli occhi per via di quella lampada, disse che morivano anche quelli che avevano mestiere.

- Signora, io starò attento.

– Solo i militari sanno cadere, – disse Corbières, – in altri tempi sapevano cosa fare.

Accompagnava Leonardo alla macchina, insieme a Sara. Dal buio veniva odore di zagare. Leonardo a mo' di saluto gli ricordò la sua prima venuta ad Argela e la sua gentilezza con gli abitanti.

– Era dovere. Dovevamo farvi dimenticare molte cose. Spero che tu abbia fatto una buona vita.

Leonardo non disse niente. La voce di Sara gli giunse improvvisa, un sussurro: diceva di nuovo della Via Lattea e dei bianchi ruscelli.

Si vedevano stelle doppie, nebulose allo zenit, sopra le rupi, e l'ammasso della Vergine con punte che andavano sul mare. Certi gruppi sembravano nuvole annose.

– Con che rapidità, – disse ancora la donna, – Apollinaire può passare dal celeste al terrestre.

– Io vado in altre direzioni, – Corbières disse, – voglio impoverirmi. E lei? – chiese a Leonardo.

«Eravamo al tu, – Leonardo pensò, – e siamo tornati indietro». – Solo noi sappiamo quanto la terra può essere ingrata, – disse.

Salí in macchina, abbassò il finestrino. Gli rincresceva lasciare un uomo indebolito e stanco.

– Buon viaggio. E grazie per la cena.

– Buon ritorno.

Guardò nel retrovisore: Corbières chiudeva lentamente il cancello. «Avrei potuto restare». Fece la strada con rimorso e a Beragna, sulla porta di casa, osservò di nuovo la Via Lattea.

Andò a dormire e quando si alzò, la vigna era un braciere verde. La lasciò per raggiungere Vairara. Sui pendii sassosi splendeva il giallo delle ginestre, fra le sterpaglie. Le case vecchie e le case nuove erano ròse da un azzurro che s'andava mineralizzando.

Nel bar trovò proprio uno di quelli che cercava. «Strano come i giovani possano avere una maschera d'abbandono».
- Che fa qui, Daniele, fin dal mattino?
- E lei?
- Come è stata la notte?
- Banale, tanti passaggi, nessun morto.
Naturalmente finirono per parlare della curda scomparsa.
- Voi giovani avete la mente agile, vigile: dovrebbe dirmi che cosa ne pensa.
Il giovane disse che anche la polizia sospettava che lui sapesse. Meno male che aveva un alibi di ferro. - Mentre voi eravate a cena a Sultano, lei e quell'esimio capitano o colonnello a riposo e mio padre e mia madre e quella coppia di avventurieri francesi, io ero a una festa di russi. Avrò trenta testimoni.
- Potrebbero sembrare un po' troppi. E dov'era la festa?
La festa era al *Flibuster*, in Francia, su un capo di rocce bianche. Servivano con un pugnale fra i denti e si potevano gettare piatti e bicchieri contro le pareti.
- Una commedia per la nuova mafia, una commedia della brutalità.
- Ma non sono certo i russi che uccidono un uomo per rapire una curda qualsiasi, con le donne che hanno. Si occupano di ben altro.
- Non faccia il misterioso, - disse Leonardo. Non sopportava l'ironia che trapelava dal volto atteggiato a dolcezza e bontà. In quel momento entrò Alain. Aveva un canestro fondo, con in cima un mazzo di rose colore del sole. Lo posò su una sedia.
- Sono andato a fare la spesa, - disse.
- Veronique non sta bene?
- Aveva sonno. Ho interrotto il vostro discorso?

– Daniele mi parlava di una festa di russi, qui sulla
costa.

– Volete comprare una villa di lusso, – il giovane disse, – diamanti, un'atomica, un quadro? Siete appassiona-
ti d'arte? Che cosa volete comprare? Una ragazza di Pie-
troburgo? O preferite una lettone d'un biondo argentato?

– Sono cose note. Si sa che in Russia fanno razzía. E i
razziatori sono quasi tutti ex agenti del KGB. Non hanno
nessuno scrupolo, sono stati educati cosí.

Alain parlava seriamente. Disse anche che un gruppo
di donne, che non stava agli ordini, era stato ucciso in una
villa a Le Cannet.

– Non è che si ribellassero, – disse Daniele, – è una lot-
ta fra bande rivali. Ma ce ne sono delle altre, di tutte le
età.

– Vorrei raccontarvi una storia di russi, – disse Leonardo, – di quando venivano a svernare a Montecarlo e af-
fittavano la banda musicale del mio paese. Ma mi pren-
dereste per un reazionario.

– Avevano una duplice anima? – chiese Alain, visto che
Leonardo non continuava. – Crudele e innamorata della
musica? schiavista e messianica? Michelet diceva: «La
Russia è il colera». Ma nello stesso tempo vi serpeggiava
la santità.

– Non è questo, ma non la racconterò.

– Me ne vado, – disse Daniele. – Vedrete che verranno a cercarmi quelli del commissariato –. E prima di andarsene offrí ancora la merce dei russi: donne, quadri, serate.

– Tu non vai a lavorare? – chiese Alain a Leonardo.

– Tanto non rende, né la vigna né l'uliveto.

– A parlare coi giovani non c'è gusto: non sanno i mondi che sono caduti alle nostre spalle. Com'è andata ieri con
Corbières, l'hai sistemato sul treno?

– Non è partito. È rimasto in un buon albergo. C'era uno sciopero. Questi francesi per gli scioperi non sono secondi a nessuno.

– È stato mio comandante in Africa del nord.

– Qualcuno di voi me l'ha già detto.

– Era coraggioso e corretto. Una di queste notti ha farneticato.

– Che diceva?

– Non ho capito.

L'azzurro batteva su tutte le vetrate. Era un azzurro chiaro e liquido, era cambiato rispetto a un'ora prima. Favoriva l'oídio e altri funghi, la vigna avrebbe avuto bisogno della poltiglia bordolese. «Semmai prima di notte do una spruzzata». Le rose nel cestino stavano appassendo.

– Non vai su da Veronique?

– Penso che dorma ancora, è rientrata stamattina.

Arrivò Carla tutta discinta, propose un'altra bottiglia di bianco. L'aveva già messa nel ghiaccio.

– L'umidità aumenta, non si respira.

– E non piove, – disse Leonardo.

Guardò il cielo che tornava al secco: l'azzurro era di nuovo forte, venato di carminio dove passava il vento. Giú nel burrone l'ombra sembrava un flusso di pietra.

Alain parlava di sua moglie. Diceva che rientrava sempre piú tardi, sovente al mattino. – Tu vedessi che sorriso, che volto tirato! Ha l'aria di scusarsi come se entrasse in casa d'altri. Non riesco a capire che cosa le è successo –. Disse ancora che in lei era finita la passione per la casa, il giardino, le ore di luce.

– Mi sembra che tu voglia esagerare, che ti abbandoni a qualche risentimento.

– Se tu la vedessi quando torna, con gli occhi avidi e vuoti. È finito qualcosa: non solo il legame, ma anche il filo che in qualche modo ci teneva uniti. Se potessi, se la dignità me lo permettesse, vorrei seguirla per vedere come passa la notte.

– Ma, nonostante tutto, vi accompagnate ancora.

– È tornata a essere com'era quando l'ho conosciuta: verginale e tutta ironia. Il suo volto ha dei tracolli improvvisi.

– Guarda da cosa siamo assediati.

– C'è un bel cielo, un mare.

– E al di là di questo quadro che consola?

– Se cerchiamo in punti morti...

Smisero di parlare. La cameriera era a un passo.

– Volete restare a mezzogiorno? Se non restate vorrei chiudere per un'ora. Oppure vi lascio la chiave.

Le dissero che dovevano andarsene.

Alain prese il suo canestro. Fuori c'era un po' di vento, i paesi scintillavano sui costoni.

– Ti direi di salire, ma temo che Veronique dorma ancora. Ho l'impressione che stia per abbandonarmi.

– Non ti abbandona finché ne hai bisogno. E poi le porti le rose, le fai la spesa.

La tristezza di andarsene, di percorrere un sentiero di solitudine era compensata dalla libertà di movimento. Avrebbe voluto aprirsi con la fantasia nuovi orizzonti. Ripensava alla sua indagine, che tendeva a dimenticare. Ed era una doppia indagine: su chi gli aveva sparato e su chi aveva rapito la ragazza curda. Ripensava alla musica della fine del tempo, a sogni e viaggi che gli aveva fatto fare Veronique, ai piccoli aldilà di cui aveva aperto le porte, al tordo esposto alle fucilate, che cantava nell'inverno.

Il pomeriggio lavorò nella vigna. I grappoli s'andavano consolidando. Non era granata tanto bene: gli acini erano un po' radi, qualche muffa compariva sulle foglie. Le piante erano indebolite dal ragno rosso. Alla sera giunse nel cielo il falco. Nella luce indebolita le api tornavano all'al-

veare sotto la tettoia. Quelle che tornavano dai fiori av-
velenati dai pesticidi volavano piú lente, emettevano un
ronzio piú lieve e si fermavano a morire davanti ai trafo-
ri della porta. Giravano a destra e a manca il capo cu-
neiforme, poi lo piegavano per sempre. Non entravano per
non avvelenare la regina. Venivano le spazzolaie e le get-
tavano fuori dal piccolo ballatoio.

La luce s'andava allontanando come un suono d'organo e lui pensava alla regina, alle operaie, alle architette, alle bottinatrici. «Monarchia o repubblica? O bande, sette
e partiti salgono e scendono come le maree sotto l'influs-
so della luna?» C'era un ordine diverso. Pensava all'ape
che non aveva voluto pungere Cristo sulla croce.

Poi il rosa del silenzio si spense e qualche suono giunse da lontano. Dopocena accese la radio, che era fissa su
France-Musique. Ma ogni tanto si inframmetteva una stazione locale con la prepotenza della musica del governo.
Allora andò fuori e guardò le calendule e le valeriane che
ondeggiavano. «Occhio alla notte», disse.

Capitolo ventitreesimo

La sera aveva da poco abbandonato il paese.

Medoro se ne stava nell'angolo dell'osteria, raccolto, non parlava con nessuno. Soltanto quando vide Leonardo, ebbe negli occhi un lampo di amicizia.

– Sei pensieroso. Disturbo?

– Non disturbi per niente. Ero qui che mi domandavo... È meglio che non lo dica. Gli ulivi che abbiamo potato cominciano a buttare? È un peccato che non piova. Dacci un po' d'acqua.

– Stasera erano in un incendio, – disse Leonardo. Rivedeva i rami lambiti dal fuoco e da un azzurro combusto. Tra l'erba sembrava sparsa la brace.

– Se continua cosí... È meglio che non dica niente: già detesto l'estate, se poi si presenta su un terreno secco...

Il cielo di fuoco si era appena spento. Una nuvola tinta aveva errato sulle rupi, foriera di tutto fuorché di pioggia. I rondoni si erano divertiti ad attraversarla.

– Uno di questi giorni vengo un po' a vedere, – disse ancora Medoro, – se non ti dispiace.

– Vieni quando vuoi. Ma se mi avvisi è meglio. Non vorrei che non mi trovassi.

– Se non ti trovo, pace.

– Ti porti i ferri?

– Sí, me li porto.

– Allora mettiti a lavorare dove ti pare, dove ti sembra che il gioco valga la candela.

Medoro aprí le braccia che, da seduto sulla sedia, sembravano toccare il suolo. Disse che non c'era piú niente che non fosse incerto, non c'era piú il padre né il figlio né lo spirito santo che ti potessero garantire.

– È tutto cosí ormai, – disse Leonardo. E parlò con Medoro come se avesse parlato con se stesso. Fece un riassunto degli ultimi episodi della sua vita. Gli avevano sparato, aveva approfondito l'amicizia con una donna che viveva a Vairara insieme a un uomo che aveva combattuto in Algeria. Là doveva averne viste di tutti i colori. Un suo comandante era venuto a trovarli. In realtà era malato e cercava un posto dove morire. Era già stato ad Argela da sottotenente nell'aprile del '45.

– È l'ufficiale di cui si parlava l'altra volta?

– Sí, sotto il muro col lentisco.

Uscirono. Non splendeva piú la sera. Era notte. Occhieggiavano nel buio le porte delle stalle. Crollavano i poggiuoli.

– Questo paese è morente.

– Sei stato altrove?

– Sono stato in Africa, da giovane.

– Non te ne sei accorto che tutto il mondo è paese?

Leonardo non rispose. Gli faceva piacere essere con uno che non si abbatteva. «Forse è l'uomo giusto per aiutarmi a cercare, uno che non sente la fine del tempo. Cammina ancora su una terra sostenuta dalle antiche terrazze».

La campana gli suonò addosso l'ora del riposo. Una rondine sotto la lampada tentò un trillo, si riassettò sul filo che ronzava.

– Ho passato qualche notte sui sentieri del confine.

– A che scopo?

– Non so nemmeno io...

Davanti alla porta dell'alta casa di Medoro il fico stormiva. L'aria scendeva dalla montagna, con odori di fieno.

– Stanotte ripenso a ciò che mi hai detto. Spero di poterti aiutare.

– A scoprire chi mi ha sparato? È acqua passata.

– Ti sembra.

– Buona notte.

Se ne andò solo. Silenzio. Svaniva tutto, in una sorta di stanchezza. Anche il tentativo appena abbozzato di un'altra ricerca. «E Alain e Veronique che faranno là in faccia al mare? Se avessi un posto cosí anch'io, mi stordirei delle cose eterne: amore, rocce, mare. E lascerei che il tempo andasse».

Dormí la metà della notte, l'altra metà andò a passarla sui sentieri del confine. Perché lo faceva? Non lo sapeva bene. Passava di tutto su quelle scorciatoie: uomini seminudi e altri con casacche e corti caffetani. Una silente disperazione dilagava su quelle rocce e corrodeva il cuore. Erano passaggi senza efferatezze. All'alba si portò vicino al bar, si nascose e aspettò che Carla aprisse.

Entrò che stava ancora lavando per terra.

Fece colazione guardando la costa. Il mare faceva la sua opera luminosa sulle rocce, sulle case; si sollevava lentamente nel cielo che gli era fraterno.

– Vorrei ancora una caraffa di caffè leggero.

– Tutti gli altri lo vogliono forte.

– Ho la gola secca.

E, dato che lei parlava e sembrava espansiva, le chiese se aveva visto Veronique.

– Ieri sera. Adesso ha raccolto un tipo che sembra un giocatore di tennis, con qualcosa del cantante, un po' l'uno un po' l'altro.

– È ciò che passa il convento, in questi anni. Mendichi della notte e perditempo.

– Non ci sarà mai niente di meglio?

– È scontenta degli uomini?

Lei tergiversò. Poi disse: – Sono infantili –. Lo diceva a malincuore.

Lui guardò di nuovo il mare. Si alzava, splendeva, crollava. Avesse potuto dargli una mano a estendersi con la sua luce, ad avanzare sulle rive.

Lei disse che aveva visto in quel momento Veronique uscire di casa. Aspettarono che arrivasse, ma non arrivava. Leonardo andò a cercarla nel giardino. L'aria batteva sulle rocce e vorticava negli iris. Lei stava genuflessa sopra un uomo al di là di quegli steli: si sorreggeva sulle braccia, la testa rovesciata, e si staccò bruscamente, profilo teso, disertato dal piacere.

Se ne andò senza essere visto. I cespugli lo proteggevano. Se ne andava verso casa, non aveva voglia di tornare nel bar in quel momento. La rupe coi suoi falchi era quasi di conforto.

Per strada, rivedeva Veronique saldata alla terra. Poi la immaginò che si rivestiva e parlava con dolcezza nei turbini ocra del mattino. Era una pietra ferma. Procurava sogni e viaggi. Lei non viaggiava.

Fiorivano i cespugli delle perle nel ruscello secco che spaccava la sua campagna. Biancheggiavano in un solco d'ombra.

Pensò che da ragazzo vi si appartava e di là guardava muri dirupi e terrazze toccati dal cielo. I giorni, allora, non erano contati.

Capitolo ventiquattresimo

– Volano vento e nuvole, ecco perché ti fai vedere.

Era entrato nell'osteria di Argela, si era seduto con la compagnia che parlava delle campagne. Si radunavano solo la domenica e discutevano di solfato, filotripide, ragno rosso, fioriture e cadute di foglie, di siti lontani e muri da rifare.

– Sono nuvole in avanscoperta, – un altro disse. – Sta' tranquillo che non piove.

– Può darsi qualche goccia, ma verranno spazzate dal mistral che le spinge.

– C'è il mistral in arrivo?

– Ho visto cipressi e pini che s'inclinavano sul colle di San Giacomo.

Nel caos delle nuvole frementi, sopra Argela c'era ancora uno spacco di sereno in cui si tuffavano i rondoni al di là del vento. Era un sereno che sembrava di vetro.

– Se viene il mistral le foglie non si macchiano.

Il mistral spazzava nebbie e muffe, non lasciava allignare nessun male.

– Sarebbe stato meglio fosse venuto a marzo, i fiori non sarebbero rimasti orbi.

– Non credere, anche a marzo fa i suoi danni.

– Per forza. Hai la campagna su un picco e hai tagliato i pini. Arriva diretto.

– Un anno è venuto a giugno e mi ha spogliato. Tutti i grappoli per terra.

Arrivò Medoro e rimase al banco, posò un gomito sul marmo. Leonardo andò a chiamarlo.

- Sono in compagnia, vieni a sedere.
- Parlano di cose che so già.
- A me piace ascoltarli.
- Me ne sto un po' qui, dopo vengo.

Ma andò subito perché entrò Arancio con la fisarmonica appesa alla spalla.

- Attacca con le tue canzoni.
- Cosí, immediatamente. Lasciatemi respirare.

Sedette con le gambe larghe e alzò i suoi occhi, pozzanghere di un azzurro melmoso. Il triste preludio imitava il vento, poi volse le spalle e attaccò la canzone delle Alpi Marittime.

«Giglio della montagna e fronte limpida di mia madre vi ho cercato sulla terrazza sagrada...»

Parole e musica cadevano e tinnivano.

- Smettila, cantane una piú allegra.
- Non per niente mi sono girato dall'altra parte –. Ripose lo strumento, che si lamentò sulla sedia. – A poco a poco sarei arrivato alle cose che vi piacciono –. Le sue labbra erano cosí contratte che sembravano leporine.
- Attacca con la *Mulattiera argentata*.
- Vorrai mica mettere una madre con una strada?

Chi preferiva la *Mulattiera* era quello che non aveva voluto mettere una lira per l'illuminazione del cimitero, tanto da morti non si legge il giornale.

- Sapete cosa vi dico: per ora non canto niente, poi si vedrà.
- Se Arancio non canta, – disse Medoro, – ce ne possiamo anche andare.

Leonardo acconsentí malvolentieri. – Può darsi che piú tardi si decida, – diceva seguendo Medoro. Gli piacevano quelle canzoni. Perché avevano interrotto *Giglio della montagna*? Ne aveva fatte versare di lacrime sui lunghi cammini di Argela, piú lunghi dei crepuscoli, due ore per tornare dai siti lontani. Strade lastricate con gente che cantava.

Passavano davanti a colombaie vuote, a stalle senza odore. Lo spacco di sereno si allargava. Triste spreco di nuvole che l'azzurro riassorbiva.

– Quei là sono infallibili, l'avevano detto che non poteva piovere.

– Prevedi il peggio e non ti sbagli mai, – disse Medoro. Poi chiese come andavano vita e salute.

– Sono sempre al punto di partenza. Sono come quando sono uscito dall'ospedale.

– E all'ospedale come si stava?

– Era un po' triste. Si sta meglio in prigione.

– Ci sei stato?

– Non ti ricordi? Forse eri in giro per il mondo.

– Che cosa avevi combinato?

– È andata cosí. È capitato un anarchico spagnolo. Voleva passare la frontiera con una valigia che pesava come il ferro, lui era magro come un chiodo. Era una notte buia, non avevo voglia di aiutarlo per le rocce. Ho preso la macchina, alla dogana ci hanno fatto aprire il cofano. Lui mi ha lanciato un «Salud!» e si è buttato nel vallone di San Luigi. La valigia era piena d'armi. Ne ho preso sei mesi, era una pacchia, si stava bene. Lo spirito si crea degli antidoti. Mai andato cosí lontano.

– Potresti farlo anche da casa.

– Non è la stessa cosa. Ci sono sempre dei problemi. Triboli come il mare. Ma in prigione non è facile restarci, tra amnistie e indulti ti mettono fuori. Via, nel mondo! Non sei mica nato per stare in pace!

– In che prigione eri?

– A Santa Tecla. Mah, forse era un caso che fossi felice. Ci sono periodi in cui tutto ti sembra bello, diventi imprudente.

– Ho avuto anch'io i miei giorni d'incanto. Ma te la racconto un'altra volta. È un po' lunga. Verrò di nuovo a aggiustarti qualche ulivo uno di questi giorni.

Andando verso casa guardava l'aria: aveva parecchi strati, partendo dall'alto: uno pulito, uno nuvoloso, poi un altro ancora sgombro, ma che sulle rocce e sugli ulivi formava coltri di minerali, strade fossili. «In Spagna è quasi sempre dorata a contatto del terreno». E ripensò a quell'anarchico che si era fatto beccare, alla stazione di Barcellona. Lo avevano steso appena sceso dal treno. Tipo ossuto e nervoso. Aveva conservato il giornale con la sua foto. «Quegli occhi mi sono rimasti impressi». Poi pensò che la Spagna era passata alla libertà senza dolore. Aveva già avuto prima il suo bagno di sangue.

Arrivò nella sua campagna. Vide Veronique e Sara. «Che cosa fanno, che può essere successo ancora?» Sedevano ai piedi dell'ulivo dal tronco ondulato come un organo. Domandò se erano lí da tanto tempo. Se avesse saputo non si sarebbe fermato in paese. Accanto a Sara brillavano dei rametti di nespolo, con frutti e foglie. Il sole batteva sulle sue gambe nervose e dorava la nuca di Veronique, l'inizio della sua schiena.

– Abbiamo saccheggiato un ramo.

– Avete fatto bene.

– Le foglie sono piú belle di quelle della magnolia.

Poi fu Sara a parlare:

– A giorni mi ridanno Corbières, la sua cenere. Verrebbe con noi a seppellirlo?

– Certo che verrò.

– Le farò sapere il giorno preciso.

Sulla morte di Corbières non fecero nessun commento. «Superata d'un balzo. Adesso pensano alla sepoltura». Non domandò dove l'avrebbero fatta. «Staremo a vedere. Non riguarda né me né Corbières, in fondo. Qualunque posto va bene».

– L'albero patirà?

– Quale albero?

– Il nespolo.

– Se fosse stato bagnato, forse. Ma stia tranquilla, gli alberi non patiscono tanto facilmente.

Non vollero entrare in casa e neppure essere accompagnate in macchina a Vairara. Se ne andarono per la strada della rupe da cui erano giunte. Erano asciutte e slanciate e, tuttavia, la terra sotto l'ulivo sembrava privata di qualcosa di opulento.

Capitolo venticinquesimo

Il sole moriva sfiorando pareti ombreggiate. Non girava piú sul mare, non suscitava sere di abbagli sulle rocce e le vetrate di Vairara. La notte con qualche guizzo sui sassi saliva modestamente. Il giorno declinava senza accendere fuochi. Ma qualche ramo appena alonato di cielo evocava, spegnendosi, lunghi silenzi.

– Se vuole, – diceva Daniele, – la porto a cercare la ragazza curda.

– Ha avuto notizie?

– Andiamo un po' a caso.

– E dove mi porta?

– Sul rettilineo di Albenga.

– È un rettilineo come tutti gli altri, ce n'è da per tutto.

– Se n'è già parlato, ricorda? Ci sono le signore della notte: ragazzine e donne mature, brasiliane, africane, asiatiche, profughe dell'est e dell'ovest.

– Come in tutti i luoghi del mondo.

– In due o tre ore si va e si viene.

– Non è questo. È che mi pare inutile.

– Perde tanto di quel tempo in questo bar, – ribatté il giovane. – Perché ci viene?

– D'inverno perché da me scende l'ombra presto, – disse Leonardo, – e le sere qui sono abbagliate.

– E d'estate?

– Rimane un vasto orizzonte. E c'è anche dell'altro, – aggiunse.

Pensava che da un po' di tempo, se andava a dormire

presto, sognava vecchi che pronunciavano in modo insen-
sato proverbi antichi. Veniva al bar, anche se ogni volta
che vi si avvicinava gli costava qualche apprensione. Solo
d'inverno l'apprensione era compensata dalla luce.

Chiese a Daniele se poteva offrirgli la cena.

– Non va di sopra da Veronique?

– Non vado mica sempre. Sarà notte di passaggi? È da
un po' che non vedo i suoi genitori.

Daniele disse che sua madre era voluta andare qualche
giorno in Istria, di cui era originaria. Suo padre l'aveva ac-
compagnata. Leonardo pensò che se fosse stato nel suo ca-
rattere far domande, ce ne sarebbero state cose da sapere
su quella donna e su quel medico che aveva smesso di colpo di lavorare. Mentre cenavano restò un po' di polvere
nel cielo dove prima brillavano le fronde. Le stelle tardavano a spuntare. Era cosí. D'inverno era tutto piú rapido
e preciso.

– Vogliamo andare? Siamo ancora in tempo. Vedrà cose mai viste.

Leonardo rifiutò di nuovo l'offerta.

– Lei si interessa solo al mondo che gira intorno a Veronique. Se quella signora scendesse all'inferno, lei la se-
guirebbe.

– Ciecamente, se mi chiamasse.

– Si offende se le dico ciò che penso?

– Mai, quando si ragiona davanti al bicchiere.

Allora il ragazzo disse che c'erano donne che rimane-
vano stregate da una notte di luna, da un fiore, da un cielo stellato. Anche sua madre era cosí. Solo che sua madre
si concentrava in una sorta di estasi della bontà, di un amore universale.

– Continui, non si fermi.

– Veronique cerca qualcuno a cui darsi.

– Può essere, – disse Leonardo.

«Si smemora, – pensava, – e si perde. Ma poi la memoria torna ed è un supplizio».

Uscirono dal bar. Poche stelle e una luna nebbiosa. Una stella solitaria a nord-ovest, in un velo di silenzio oltre le montagne. Le rocce sopra il sentiero sospiravano nell'aria che portava odore di altopiani.

– Camminiamo?

– La luna non è ancora piena ed è quasi coperta.

– Ci si vede quel tanto che basta.

All'improvviso, il rumore come di un carro.

– Scommettiamo che i primi che passano sono curdi e vanno verso la Francia.

– Non sono mica scommesse da fare, – disse Leonardo. – È meglio scostarsi.

Passò uno squadrone di stangoni. Velocemente. Non fecero in tempo a riconoscerli. Andavano, dinoccolati, nella polvere.

– Paura?

– Manco per sogno. Sono loro che s'impauriscono. E poi le confesso che sono armato.

– Non l'avrei mai detto.

– Stia tranquillo, non sparo senza giudizio.

Il giovane spezzò la punta del ramo del leccio, alla cui ombra s'erano nascosti.

– I tipi come lei rischiano di piú. Bisognerebbe disarmarli.

Leonardo chiese se alludeva a Corbières, per caso; chiese inoltre se l'aveva conosciuto bene; e il giovane disse che quell'uomo tutto d'un pezzo con lui non familiarizzava, anzi, pur mostrandosi sempre corretto, lo disprezzava.

– È venuto ad Argela come liberatore nel '45 e dicono fosse dolcissimo.

– Stento a crederlo. E in che rapporti era con Alain?

– Era stato suo comandante in Algeria. Erano diventati amici. Sono amicizie che non si dimenticano.

Parlavano in quei giochi di rami e luna, e Leonardo pensava che Corbières era venuto a cercare un posto dove morire e s'era trovato davanti a un mucchio di problemi:

Alain sconfitto, una costa assassinata, un paese quasi distrutto. Era affiorata una realtà tutta diversa da quella che
si aspettava. Il male incalzava; ma tardava ad ammarare il
veliero dalle vele di cenere. «Poi ha creduto di trovare a
Nizza una donna forte. Ma perché è necessaria, dove si
torna?»

– Su, andiamocene, – disse il giovane, – togliamoci da
sotto questo leccio.

– E dove andiamo?

– Per star qui è meglio tornare al bar.

Si staccarono dal leccio per un sentiero lambito da te-
nui chiarori. Le argille si alternavano alle sabbie e alle crete, anche i massi cambiavano natura. «Vari depositi del
mare. Ognuno il suo tempo».

Carla chiese dov'erano stati.

– Verso il picco dei mirti.

– Passano?

– A piú non posso.

– Dove andremo a finire?

– Scompariremo, – disse Leonardo.

Tutti quei passaggi rendevano un po' piú evidente la
caducità delle cose.

– Lei non ha figli? – chiese la ragazza facendosi apprensiva.

– Ci mancherebbe!

– Io vorrei farne, io devo farne.

– Non ce n'è mica bisogno.

– E come ci immortaliamo? – chiese Daniele.

– È un altro problema. Troppo lungo. Queste rocce,
prima di emergere dal mare, avevano tutta un'altra vita.

I raggi della luna arabescavano il tronco del ciliegio e
lontano, sul mare, rimbalzavano appena sulle tracce di una
strada silenziosa. I fari di Cap Ferrat e Cap d'Antibes si
afflosciavano nella foschia.

– Che cosa vi porto? Fra poco è ora di chiudere.

– Quel rosso che fa pensare alle argille e ai mandorli.

Gli era venuto in mente il vino di Sultano. Ma qui era un'altra musica: vino per turisti, veniva dalle fabbriche. Freddissimo, si poteva bere.

Si sentí un mormorio, un passo ovattato.

Andarono a vedere dalla balaustra. L'uomo camminava curvo, rinsaccato in una giacca grigia. Andava monologando con voce ronzante, verso la rupe grigio perla.

– Deve essere un curdo, – disse Daniele.

Leonardo lo chiamò: – Luigi!

– Non t'immischiare! – rispose l'uomo, a denti stretti.

Continuò per la sua strada verso i boschi, i dirupi luminosi, gli ulivi in attesa di acqua e nutrimento, vegliati dalle Marittime. «Chissà con chi ce l'ha in quel mormorio spento, in quel mugugno! Gira sempre in queste sere che la terra, marcia dentro, è striata di lusso come un pomo di Sodoma».

Capitolo ventiseiesimo

Guardò Medoro che arrivava. «Se non fosse bianco e vecchio sembrerebbe uno di quei tipi alti e dinoccolati che sono passati ieri nella selletta dei mirti».

– Hai passato bene la notte?

– Benissimo, Medoro.

– Quali alberi facciamo? Puliamo un po' sopra il sentiero?

C'era un punto in cui il bosco penetrava tra gli ulivi. Roveti e vitalbe si arrampicavano sui rami, e l'edera vi si aggrappava con tutte le sue dita verdi.

– Ci saranno dei nidi?

– Ne hai delle storie!

– Un po' di rispetto per la vita.

– Facciamo respirare gli ulivi, – disse Medoro. E prese il picco e la roncola.

– Aspetta che cerco un guanto.

– Le mie mani non temono niente.

Andarono in su, per le terrazze. Occhieggiavano campanule tra gli spini penduli, avviluppate ai rami, si fondevano col cielo.

– Giornata incerta, – disse Leonardo, – di un blu fuori stagione.

– È un po' che si è perduta la primavera. Una volta c'erano delle lunghe prime. I miei, chiuso il frantoio, partivano per la montagna con il mulo e l'alambicco. C'erano abbondanti fioriture di lavanda sull'Aution e su Cima

Marta. Adesso una notte di brina brucia tutto, poi arriva un caldo che le soffoca.

Lavorarono un paio d'ore poi fecero colazione: cibo classico (pane olio e aceto) dei tempi della povertà. Qualche goccia d'aceto dava nerbo all'olio e gli toglieva l'unto. Il sole ormai era alto e si stava meglio al fresco.

– Nessuna ombra è come questa degli ulivi.

– Spezza il sole e l'aria circola, è un ventaglio. In montagna ho visto le bestie penare –. Guardò il muretto, scosse la testa: – Sarebbe da rifare.

– Lasciamo perdere, – disse Leonardo.

– Il muro cade, io pulisco tutt'intorno poi vedremo, – disse Medoro.

Fu togliendo erbaccio e sterpi che scoprí due mote di terra bianca. Spiccavano nel bruno.

– Qui qualcuno si è tolto il fango dalle scarpe.

– Non è terra di Beragna.

– Questa terra la conosco: venature di cenere dentro il bianco. Quando è bagnata è quasi lilla.

– Prova un poco.

Vi versò dell'acqua dalla bottiglia: divenne viola, poi tornò a imbiancarsi.

– Era piovuto quando ti hanno sparato? Qui si sono appostati. C'è un solo posto dove c'è questa terra.

– Lo conosco anch'io.

– Non vorrei sbagliarmi: è sul pianoro della casa di Luigi.

– È ciò che pensavo, – disse Leonardo. – Non era piovuto, ma davanti a lui è sempre un pantano. C'è la risorgiva dell'acqua della rupe.

Suonò mezzogiorno dal campanile di Argela.

– Triste scoperta.

– Non ci avevi pensato?

– Con tanti tipi odiosi?

– L'avrà mandato qualcuno?

– Credo di sapere. Non si può proprio aiutare nessuno. È un richiamo all'ordine.

– Spiegati!

– L'ho offeso credendo di alleviare. Era da un po' che cercavo di fargli capire che sapevo del suo delitto. Tu mi conosci, lo facevo a fin di bene. Il bello è che ho insistito su quell'argomento anche dopo che ho ricevuto la fucilata –. Sorrise. – Sarà obbligato a spararmi un'altra volta?

– Vatti a capire come reagisce un uomo che è arrivato al punto di uccidere il padre.

– Non volevo rimproverarlo, ma rinfrancarlo.

– Non ne dubito.

– Guarda un po' se trovi una cartuccia del sedici. Lui ha un sedici, è un calibro raro, il dodici ce l'hanno tutti. Se la troviamo vado da lui con la cartuccia.

– Ricordati il decalogo delle Alpi Marittime. «Non ti immischiare con lo stato e col comune. Con chi è piú di voi. Con chi non ha niente. Con chi è matto». Ti risparmio gli altri comandamenti.

– Questo mondo è malato, questa terra è guasta. Devo proprio salire da lui e parlargli.

– Non farlo. Tieni buono di sapere. Se ti avventuri lassú non cavi un ragno dal buco.

– Mi capiterà ben a tiro.

– Dimentica.

– Mi conviene?

– Se si sente scoperto è peggio. A meno che tu non gli dia una bella lezione, ma non ne sei capace.

Una rosa bianca rifletteva la sera, si tingeva blandamente di azzurro. Il rosaio cresceva sul bordo sotto la croce di legno dove la strada si divideva: un ramo andava verso la rupe di Beragna, là sopra il mare, e l'altro saliva alla cappella del crinale. «Per fortuna la rupe non si può oltrepassare. Si potrebbe affrontare con molto lavoro so-

lo dai miei ulivi». La strada era stretta sul vecchio trac-
ciato della mulattiera, ma un camion enorme con sopra una
ruspa la percorreva. La rosa tremava con tutta la sera
addosso. «Perduti rosai delle nostre strade, ginepri delle
svolte».

Il paese era quasi vuoto, ma rumoroso per via di una
motocicletta che accelerava. Nell'osteria qualcuno c'era.
Non era piú la banda della domenica col cantore che in-
tonava *Il giglio della montagna*. Pochi tristi clienti abitua-
li. Televisione accesa.

– Che si dice a Beragna?

– Ditemi voi che si dice ad Argela.

– È sempre la stessa musica. È stato trovato un altro morto nella discarica.

– Spero che sia abusiva.

– Tutti chiudono un occhio. L'abbiamo vista crescere
in un boschetto in mezzo alle vigne.

– Cosí il vino profuma, – un altro disse.

– In qualcosa bisogna pur eccellere, con l'aiuto di quelli venuti da fuori, – disse uno che stava sempre zitto.

«È meglio che me ne vada, – pensò Leonardo. – È tutto un disastro». Uscí e ripercorse la strada di casa. Fuori
dell'abitato un pipistrello sterzava nell'aria che s'oscurava. Alla croce si vedeva appena la rosa: biancheggiava senza la sera.

Capitolo ventisettesimo

Eugenio era tornato e aveva cominciato a dipingere. Non lavorava agli ulivi, ma ai cactus che crescevano su una roccia. C'erano delle luci quasi nere negli intrichi dei rami carnosi. – Ma sono troppo pallidi, hanno perso il color glauco. Tornerò alla fine di settembre.
– E dove te ne vai?
– Non so ancora. In montagna non riesco a lavorare, mi occorre qualcosa di piú intimo.
– L'estate qui non la sopporti?
– Tutto è bruciato, polveroso, il mare è un pantano. Non ci si può muovere, l'Aurelia è un budello maleodorante.
– Perché non provi in quel paese dove siamo stati l'altra volta?
– Lí l'aria dovrebbe essere fine e la luce giusta. Mi ci accompagni? Se trovo una casetta vi passo l'estate. Ho un'età in cui si soffre il caldo.

Partirono nel pomeriggio. Guidava Eugenio. Aveva le braccia forti e nelle svolte, in salita, sterzava di colpo. Il paese, a sagoma appuntita, appariva e scompariva. A volte pareva merlato.
– Ha il cielo da tre lati, come i cactus che volevo dipingere.
– Come mai non ce l'hai fatta?
– Troppo caldo, luce polverosa; e sono calati di tono ri-

spetto all'inverno. Il marron che hanno dentro sporca le nervature, gli incroci di luce che avevo già individuato. Forse riuscirò a fine settembre.

– Non ne dubito. So come ti ostini.

– Eppure con i nudi ho di nuovo fallito. Ingombravano troppo gli occhi e l'aria non li divorava. Te li farò vedere: non si sentono circolare la linfa e il sangue.

– Chi posava?

– Veronique e altre due donne. Ho lottato inutilmente.

Adesso la strada scendeva a un paese posto su una triade di crinali. Poi risaliva definitivamente per una serie di svolte sino a un anello finale. Su un muro di un santuario era scritto: «Realto. Metri ottocentoquindici». Accarezzato dalle punte piú alte di una rosa canina.

Oltrepassarono a piedi la diroccata cinta muraria, andarono tra case, chiese e fortini scaglionati nei secoli, dislocati nel tempo.

In un luogo di regalità immiserita incontrarono un pastore con sette capre. Le sollecitava alla stalla, brandendo un bastone con dignità ecclesiale.

Gli chiesero se c'era una casa da affittare.

– Adesso chiudo la stalla e andiamo a bere.

Camminarono tra disfatti portali, ardesie con segni antichi: il trigramma IHS e la rosa a sei punte, o rosa dei pastori, segno distintivo delle maestranze lapicide di Cenòva.

– A che vi serve la casa?

– Serve a lui per abitarvi e dipingere.

– Dove avete lasciato la macchina?

– Sotto, davanti a una chiesetta.

– È la Madonna della Montata. C'è un Luca Cambiaso.

Eugenio disse che era un notevole pittore di notturni.

– È vero che è morto in Spagna? – domandò l'uomo.

– A Madrid.

– Doveva essere qualcuno, – l'uomo disse, – se è an-

dato a morire cosí lontano. Il mio cimitero è a quattro passi, non farò mai un viaggio. Nemmeno un giro in carrozza. Sapete, le bestie vincolano.

Eugenio, che non aveva ironia, disse che bastava lasciar
fare alle cose il loro percorso, ed era il piú bel viaggio. Parlò
di nuovo di qualcosa di romanico costruito con il loro lato eterno e organico. Era la sua ossessione di fondo.

Il pastore aveva due case, modeste di fuori, ma linde
dentro. Una andava giusto bene. Aveva una grande stanza che prendeva luce da nord, luce stabile, proprio adatta
per meditare lavorando.

Si misero d'accordo sul prezzo. Il pastore aveva fiducia e, inoltre, ci teneva ad avere un pittore in casa sua.
Tirò fuori del vino un po' acido e del formaggio che sapeva di timo. Sui vetri della credenza erano scolpiti cardi e
girasoli con la testa reclina.

Se ne andarono che veniva notte. Sbucavano stelle da
ogni parte: si posavano sui pini, sulle rocce, galleggiavano
sul vuoto delle valli.

– Certo che qui, rispetto alla costa, è tutta un'altra vita.

– Le terre sul mare, aride, senza pace, una volta le la-
sciavano ai diseredati per formare la legittima.

– Giusta punizione.

– Eppure il mare nei canneti era fascinoso, nelle ta-
merici.

– Ti dispiace se mi fermo un po' a guardare?

– Poi non ti viene piú voglia di andartene.

Un residuo di tramonto a ponente faceva un po' di rumore, di festa, sulle rocce. A oriente si tendeva un velo re-
sinoso.

– Se tu dovessi dipingere, – chiese Eugenio, – dove ti
attaccheresti?

– Dove c'è piú silenzio.

Sembrò contento della risposta.

– Andiamo, – disse.

Scuoteva il capo, guidando, come se avesse accompagnato un'interna musica.

– Hai visto Veronique com'è cambiata?

– Tu che sei stato a lungo assente, che impressione ti ha fatto?

– Uno sguardo piú avido, una maschera piú dura, una secchezza nella voce.

– Io continuo a sentirla un po' flautata. E forse lei non l'ho mai vista.

– Che intendi dire?

– Non è mai stata una cosa tra le cose.

Una volpe attraversò la strada, coda ritta, pelo fulvo. Dal bordo si volse e guardò con occhi fosforescenti. Doveva sentire che l'aveva scampata bella. «Aveva un altro appuntamento», pensò Leonardo. Poi, piú che pensarvi, lasciò affiorare la ragazza curda. «La sua vita è stata breve». Gli conveniva pensarla morta. Appena affacciata alle terre intorno alla rupe, le aveva intrise della sua scomparsa, le aveva listate di un lutto incerto per dare a lui l'idea dell'impotenza. «Ovunque tu sia, qualcosa ti lenisca».

Arrivati a Vairara, il bar era ancora illuminato.

– Se vi facessimo un salto?

C'erano proprio tutti: Alain, Veronique, Astra, De Ferri, Mire.

– È sera di passaggi, è sera interessante.

– Cosa c'è, Mire, che ti attira?

– Tutto quello che succede. Hanno da fare i conti con me, stanotte. Io li squadro, io li individuo.

– Chi?

– Gli assassini.

Veronique domandò da dove venivano a quell'ora. Avvolta nell'abito blu notte, le sue gambe, le sue spalle emanavano un tenero calore marmoreo.

– Veniamo – disse Leonardo – da un paese di montagna.

Lei accolse quelle parole con un sorriso.

– Sarei venuta anch'io. Se non foste stanchi, se non fosse tardi vi proporrei di andare da qualche parte, di sottrarci a questa atmosfera.

– Qui o altrove non cambia nulla. È tutto un mondo edificato sulle rovine e sui delitti.

– In una situazione piú o meno analoga, – disse Alain, – Clemenceau pulí la Francia in pochi mesi. Ci sono cose incompatibili con le virtú repubblicane.

Adesso si spostavano verso la casa di Astra. Veronique e Leonardo si tenevano affiancati, dove il sentiero lo permetteva.

– Ti è rimasta un po' di fiducia nella tua buona stella?

– Certo che mi è rimasta; ma forse perché non vedo bene.

– Come sarebbe a dire? – lei chiese.

– Non vedo la verità del mondo che nasce.

Rupe e rocce e terrazze s'alzavano a scala sopra il mare. Fino a quando, già semidistrutti, avrebbero fatto da velo all'aridità del domani? «Da dove viene l'insidia? – si domandava. – Non, certo, da questi popoli della fame che camminano nella notte».

Entrati in casa, Astra aprí le vetrate. Un cespuglio di gelsomini mandò il suo odore. Carla respirò profondo.

– Sa di Andalusia, – disse.

– Quando c'è stata? – chiese Eugenio.

– Ogni tanto ci vado, – lei disse.

– Anch'io. Al ritorno mi fermo a Moissac, dove le statue si contorcono nell'alba.

«Sono cose che mi ha già detto, – pensava Leonardo. – Il primo romanico, la foglia di vite scolpita, il grappolo d'uva, le statue che fanno la danza della vita, la vita delle forme. Le ho già sentite talmente che le so a memoria. È un ostinato. Ora si è arenato su questi cespugli improponibili, su questi cactus».

Alain domandò se anche là le coste erano distrutte.

– Là dove?

– In Spagna.

– Ah! Perché Moissac è un'altra cosa, – disse il pittore. – Le coste non le guardo. Le evito. Cosa credete che sia il Mediterraneo: mi interessa solo la sua luce, non ciò che rivela dove s'infrange.

– Giusto! – disse Alain. – Se qui è tutto demolito, di là è insanguinato. Ne ho fatto l'esperienza.

Leonardo si domandò perché il pittore separava le cose dalla luce. Le considerava già morte? «È meglio che taccia, non ci vedo chiaro». Poi pensò che forse Eugenio cercava un rifugio al di là dell'ombra, o si era messo per una strada avara.

Ci fu un silenzio da cui perveniva la sonorità dei grilli nei cespugli.

– Su! – disse Mire. – È notte di passaggi. Andiamo a vedere la polvere che cammina.

Nessuno gli diede retta. «Ci mancava anche questa, – pensò Leonardo, – dopo il mare dei morti, la polvere che cammina o che entra nel sonno». Veronique stava immobile, per non svegliare Carla che sonnecchiava sulla sua spalla.

Capitolo ventottesimo

Giornata luminosa mano a mano che si allontanavano dal mare; cielo color genziana sopra le montagne. In alto il vento aveva vinto. Il sacchetto di tela nera era posato dietro, sul sedile fra Alain e Sara. «Ti accompagniamo, amico, in una bella giornata», Leonardo pensava. Sedeva accanto a Veronique e guidava. Ogni tanto la guardava: duro profilo e l'azzurro fuori. «Incídilo nella memoria». La strada saliva e saliva. Mossa armonia di cespugli e di arbusti negli aridi pianori. A ogni selletta nelle curve il mare ricompariva; un po' di foschia lo turbava ancora.

«Quattro monatti d'accatto sulla strada», pensava. La strada era la Route Napoléon. Al valico della Faye il mare li salutò per l'ultima volta. «Ultimo cenno di un azzurro freddo». Vi si scioglievano le due isole e i massicci dell'Esterel e dei Maures. La strada adesso andava per un altopiano quasi deserto, dominato dalle montagne.

– La prima deviazione a sinistra, – disse Sara che esaminava la carta.

– Ma che posto ha scelto quell'uomo! – disse Alain.

– È scritto qui sul biglietto che ha lasciato, – disse Sara. E continuò, leggendo: – Versate la mia cenere, vi prego, a Bargème sotto la montagna di Brouis... Potessi averlo io un posto cosí per il mio sposo.

Disse proprio il mio sposo, come se la loro unione carnale non fosse mai stata troncata. La univa ancora alla lontana Giordania il cielo notturno.

Il paese era piccolissimo, sopra un'erta che aveva un'ala di roccia bianca e i ruderi di un castello fra due torri. «Perché lo avrà scelto? Per quelle due torri rotonde che danno un'idea di lunga durata?» Il cimitero si trovava tra la chiesa quasi nascosta e l'ala rocciosa. Non si vedeva nessuno. Sembrava un paese disabitato, ma qualche finestra era infiorata.

– Che cosa facciamo?

Leonardo si guardava intorno. Solo due mandorli fra i sassi, le radici quasi allo scoperto. Non un cespuglio folto ove spargere la cenere all'ombra. Un sole senza pietà sul terreno che luccicava.

– Facciamo una piccola buca nel cimitero, – disse Sara. Andò alla macchina e tornò con una zappetta da giardino.

C'era un angolo con un pruno smilzo e tre o quattro fili d'ombra. Leonardo scavò un piccolo quadrato. Sara e Veronique aprirono il sacchetto e la cenere fu per un attimo nella luminosa mano del cielo e si adagiò nella buca. La ricoprirono a manciate. Leonardo discerneva le pietre, le metteva sul bordo. Poi pensò meglio di ricoprirne tutta la terra smossa.

Uscirono dal cimitero con un imbarazzo da ladri. L'aria ronzava nel muretto. Nel paese chiazze di sole, e breve ombra delle case basse.

– Non ci sarà un bar in questo posto? – disse Alain. – Ho una sete.

– Questo potrebbe esserlo, – disse Veronique e si avvicinò a una finestra e guardò dentro. – Mi sono sbagliata.

Una donna uscí, li richiamò con collera: – Cercate qualcuno, chi cercate?

Presero un'altra via per tornare. Passarono per il campo militare di Conjuers: altopiano dorato e grigio, con in mezzo un paese abbandonato e protetto da reticolati. Poi la strada scendeva a Bargemon orlata di ginepri. Si fermarono su una piazza circondata da vecchi vicoli. Aveva al centro, all'ombra dei bagolari, una fontana piramidale ammuffita. Un segugio dormiva su una panchina.

– Che ne dite, aspettiamo qui l'ora di cena?

Girarono per i vicoli. C'erano mimose, scale esterne, allori, rose rampicanti, e un buon odore di forno a legna. Scelsero un ristorante con terrazza. Non veniva mai notte. A Leonardo tornavano i soliti pensieri. «Solo da me, dietro la rupe, l'ombra scende di colpo». L'orlo dell'altopiano continuava ad ardere, sembrava una grande guglia. O era un paese arroccato? E lí vicino, nei dirupi il buio stentava a ricoprire le ginestre che non volevano spegnersi.

– Abbiamo fatto il nostro dovere, – Sara disse. – Mio marito se ci vede è contento. Negli ultimi anni erano diventati amici.

– Per chi lavorava Corbières? – chiese Leonardo. Domanda rischiosa a cui nessuno rispose. «Ho derogato, – pensò, – al mio principio di non chiedere mai nulla».

E dopo un poco Sara disse che suo marito aveva conosciuto il carcere in Cecoslovacchia, aveva creduto in troppe cose, in una fatale giustizia, poi era entrato in una rete sionista. E col nuovo sogno non aveva camminato a lungo. In Libano gli era andata bene, ma in Giordania era scomparso.

Come venne notte scese un nembo d'aria. Le due donne andarono alla macchina e tornarono con un pullover e una corta mantiglia. Fino ad allora erano state con le spalle nude, tenere nel sole sul versante scosceso della montagna.

– Se volete possiamo andare dentro.

– È cosí bello qui fuori, – disse Veronique. E mise la mano al collo della mantiglia, lo strinse.

Sara disse che anche a lei piaceva starsene all'aria aperta. – Non so come la pensiate, – disse ancora. – Soltanto la quiete dei paesi ci difende dai deliri.

– Finché dura.

– È già finita, – disse Leonardo. Ci pensò un poco: – Non c'è mai stata.

Pensava ad Argela, a Vairara, ai passi, alle urla della notte, a chi scompariva. Ma anche a prima, anche a prima. La vita, sorta dall'abisso, nell'abisso ricadeva.

Andarono alla macchina. Il fresco aveva pulito l'aria; nella trasparenza le stelle all'orlo crespo dell'altopiano.

Le donne si erano messe dietro per dormire. Parlavano invece come nel sonno, parlavano lieve. Silenziosi uccelli notturni si levavano nei fari dalla strada. Guidando le ripensò nel pianoro sopra l'erta. Le loro carni splendevano. Profili severi sotto le ciocche raccolte, covavano la cenere con gli occhi, una inginocchiata e l'altra accovacciata: cenere e corpi tremavano nel sole.

Indice

Stampato da Elemond s.p.a., Editori Associati
presso lo Stabilimento di Martellago, Venezia

C.L. 14188

Ristampa					Anno			
2	3	4	5	6	1998	1999	2000	2001